U0526637

舒乙文集

北京你好

舒乙 /著
李勐南 /编

北京出版集团
北京出版社

图书在版编目（CIP）数据

北京你好 / 舒乙著；李劭南编. — 北京：北京出版社，2023.2
（舒乙文集）
ISBN 978-7-200-14841-1

Ⅰ. ①北… Ⅱ. ①舒… ②李… Ⅲ. ①散文集—中国—当代 Ⅳ. ① I267

中国版本图书馆 CIP 数据核字（2019）第 066078 号

舒乙文集
北京你好
BEIJING NIHAO
舒乙 著 李劭南 编

出　　版	北京出版集团
	北 京 出 版 社
地　　址	北京北三环中路 6 号
邮　　编	100120
网　　址	www.bph.com.cn
总 发 行	北京出版集团
印　　刷	北京华联印刷有限公司
经　　销	新华书店
开　　本	880 毫米 ×1230 毫米　1/32
印　　张	8.75
字　　数	161 千字
版　　次	2023 年 2 月第 1 版
印　　次	2023 年 2 月第 1 次印刷
书　　号	ISBN 978-7-200-14841-1
定　　价	68.00 元

如有印装质量问题，由本社负责调换
质量监督电话　010-58572393

目　录

北京的春节……………………………［ 1 ］
吃春饼………………………………………［ 5 ］
芥末墩儿……………………………………［ 9 ］
家制年菜五则………………………………［ 13 ］
榆钱儿糕和藤萝饼…………………………［ 16 ］

北京，什么样………………………………［ 19 ］
故乡的水……………………………………［ 26 ］
发现北海……………………………………［ 34 ］
从景山顶上往下看…………………………［ 46 ］
北京最美的街………………………………［ 50 ］
登钟楼赏飞鸽………………………………［ 53 ］
一段漂亮街墙的命运………………………［ 57 ］
寻觅几位法国友人在京足迹………………［ 61 ］
呼吁保护崇内九座中西合璧近代小楼……［ 72 ］
拯救和保卫北京胡同、四合院……………［ 78 ］
小院的悲哀…………………………………［ 86 ］

"辟雍"之美甲天下…………………… [92]

泄露天机的雍和宫…………………… [98]

一座很多皇帝登临过的小山………… [102]

田义墓的石刻装饰艺术绝品………… [108]

法海寺壁画…………………………… [115]

明代主题壁画惊现承恩寺…………… [119]

废寺…………………………………… [126]

洋日晷………………………………… [131]

漫步在西山山脊……………………… [134]

又见一座北京古桥…………………… [138]

香山前区……………………………… [141]

宏伟的"黄肠题凑"…………………… [151]

京城十五块有藏文的石碑…………… [156]

藏式建筑——京城的精彩…………… [178]

在山野中看北京长城………………… [188]

塞外胜境承德………………………… [193]

围场的石碑、草原、森林…………… [212]

京杭大运河,残缺的辉煌…………… [225]

隋唐大运河,地下的辉煌…………… [242]

江南运河,水乡的辉煌……………… [258]

重新理解大运河是保护和"申遗"的关键… [270]

北京的春节

北京有很热闹的地方，也有很幽静的地方，它动中有静，很像太极拳；它有很刺激的地方，也有很温和的地方，它劲中有柔，很像香片茶。

北京的田园风光还表现在它严格照节气在生活。节气对农业至关重要。到什么节气一定得播种，晚一天都不成，几千年来中国人世世代代对大自然的规律竟掌握到如此精确的程度，也就为自己的生活模式定了一个准确的日程表。

北京人是按这个日程表生活的典范。一年里节气有二十四个。于是，北京人天经地义地有了二十四个节日，年复一年地轮流着过，过得有滋有味。虽然，原本农业上的真实含意已不多了，仿佛只剩下一种躯壳，一种借口，一种象征，一种传统，故意地让生活变得更有变化起伏和情趣，成了十足的文化。

北京人过这二十四个节日的讲究就多了，够写一本书的，噢，不，单单一个春节就够写一本的了。想一想，接近春节的那一个多星期，由腊月二十三，祭灶王爷开始，是按天行动的，地道的统一行动，全城的人，头一天一起打扫卫生，第二天一起蒸馒头，第三天一起杀鸡宰鸭，等等等等，何等气派和有趣。

这种年节序幕，由腊月初八起，就都带有文化色彩，说轻松一点儿，带有很大的游戏性。

腊八这天，要煮粥喝粥，叫作腊八粥。本来年底一切庄稼都收获了，好像要刻意展览一下全年收成的丰富多彩，便发明了这么一种腊八粥。往粥里放大米、小米、菱角米、薏仁米、高粱米、玉米；各种豆，包括红豆、绿豆、黄豆、花豆、芸豆；各种果仁，有核桃、栗子、榛子、松子、瓜子、花生；还有葡萄干、桂圆、大红枣，各种果脯。这么一锅粥，还得了嘛！香啊，多彩啊，好玩儿啊，闻着看着便令人垂涎三尺。腊八粥是家家都要熬的，一熬就熬个通宵，全家都帮着剥皮，包括花生仁皮和那费事的核桃仁皮。小孩子一边剥一边吃，吃得多剥得少，其乐无穷。粥熬得了，按老年间的规矩，要分送给朋友们，间或还有比赛显示的意思。其实，原本佛教早有腊八熬粥供佛的规矩，用大锅熬，装数石米，供佛之后施舍给远近的穷人。皇帝还有赐粥百官的习惯。传入民间，更具欢乐性，一年辛苦之后来个庆丰收大锅熬，岂不欢快，挺好。

最具戏剧性的要算二十三祭灶了。老年间家家供奉着一位老神仙，他叫灶王爷，此公每年腊月二十三要升天，向老天爷汇报一年里人间的好坏。于是，家家都买些麦芽糖，用糖把老神仙的嘴糊上，极尽"贿赂"之能事，让他到天上只说好话不说坏话，报喜不报忧。这种近乎开玩笑的祭神仪式，家家却都以极严肃的态度去操作，更显得极富人情味儿，孩子们的嘴则是供桌上的糖瓜儿的真正归宿。

三样食品是春节至上元之间的食物：大年除夕吃饺子，立春吃春饼，正月十五吃元宵。

春饼最好吃，烙小面饼或蒸小面饼均可，薄薄的，又称薄饼，切葱丝蘸甜面酱，炒菠菜粉丝，炒黄花木耳，炒豆芽蒜黄，摊鸡蛋切丝，切酱肉成丝，切小肚成丝。食时各样都夹一点儿，放在饼上合在一起，卷而食之，顿生奇效，其鲜，其美，可天下没有第二种自制食品能超过它，堪称食之王。

春节男女老幼都休息，一起放假，不过了初五不准动刀动剪，不准倒土，为的是让劳累了一年的妇女们彻底休息几天，多么人道！

春节有许多地方可去，妇女吃完饭，看花灯，看烟火，可以集体群游，散步叫走百病，过桥叫走桥，取渡厄运之意；竞相到正阳门门洞里去摸门钉，门钉有妇女乳房的形象，摸了门钉宜生大胖小子。人们白天可以到琉璃厂去赶厂甸。可以骑驴到白云观或者大钟寺去赶庙会。可以到雍和宫去看打鬼。走累了，可以买一个心里美大萝卜吃，叫作咬看，取去春困的意思。一举一动，一投足一举手，都那么有讲究有说道，情、趣、美俱收其中。

（1997年9月）

吃春饼

春饼是北京吃食中最好吃的一种，我们全家一直都这么认为，吃起来简直没有够，年年做，年年吃，年年夸。

春饼的妙处在于它的综合效应。

春饼表面上是混合物，八样东西，放在薄饼里，一裹，吃起来居然味道全变，神了。

这是春饼的非凡之处。

裹在一起吃的东西，种类多得很，山东的烙饼卷大葱，天津的煎饼卷摊鸡蛋，外国的三明治、热狗……比比皆是，但都没有北京春饼那样的效果。上述这些裹着吃的确实都是混合物，是一加一等于二。

只有春饼不是，春饼仿佛是化合物，或者是络合物，春饼是乘方，而且不是二次方、三次方，简直是九次方。总之，八样东西分别放入，夹在饼里，味道立刻大变，香得出奇，令人胃口大开。

这确实是一大发明，人们不能不为北京古人的聪明而折服。

还有一条必须指出，春饼里全是最普通的食品，极富平民性。

春饼是老百姓的。它不贵，它便宜。

它不沾海鲜，不沾山珍，甚至不沾鸡、鸭、鱼。

想吃春饼，不需特别采购，原料在任何等级的菜市场里唾手可得，花费不多。

想吃春饼，也不要特别的烹饪技巧，会一般地炒炒菜，摊个鸡蛋，足矣，见习主妇或见习主夫均可胜任。

所以，以前在任何饭馆里都吃不到春饼。在大师傅眼里，它太简单；在老板眼里，它不赚钱。要吃，只能在家里做，家里吃。

嘿！这偏偏是它的另一优点，叫作家庭性。

北京人请外国人吃饭，第一选择就是在家里吃春饼，保证满堂好。我家试验了许多回，回回成功，大获全胜，久经考验。

春饼里的八样菜是：

甜面酱；

大葱丝；

熏小肚儿，切成粗丝；

酱肉，有肥有瘦，切成粗丝，所谓粗丝大概是筷子般粗细，一寸来长；

摊鸡蛋，切成粗丝；

炒黄花木耳；

炒菠菜粉丝；

炒绿豆芽，加点儿韭菜段。

前四样是凉的，后四样是热的。前四样除甜面酱外，都只需买现成的，切切便端上来。

好的熏小肚儿现在已经没有了，失传了；现在的小肚儿太"散"，切不成条条，粉面子太多，而且蛮不是味儿。

春饼的饼，又称薄饼，就是吃烤鸭子用的那种，大小薄厚全一样。

饼的做法有两种，一种是蒸饼，一种是烙饼，任何一种都可以。

做薄饼是需要功夫的，不管是蒸是烙都是一门手艺，和面最要紧，不能太"硬"，其他窍门不在这里啰唆了。

春饼，春饼，顾名思义，是春天吃的，有季节性；过去，春天才刚有菠菜和韭菜上市，冬天没有。

现在，几乎四季都可以吃，什么时候馋了，什么时候做，由于有暖棚的蔬菜，现在春饼可以变夏饼、秋饼、冬饼，全年候。

父亲是立春诞生的，他名字叫"庆春"。我家小妹也是立春诞生的，她的名字叫"立"。

春饼是他们两人的生日美食，必备，除了一小碗寿面之外，春饼是绝对的主角。

年复一年，于是，吃春饼就成了我家的优良传统。而且，不管什么时候，生日不生日，菜单中排头一名的，必然是它；家中请客，一定也是首选。

近年，北京个别饭馆里出现了春饼，尝过几次，太糟，一点儿传统没有，菜既不够八样，品种也不对，全不对味儿，糟蹋了，哎！

芥末墩儿

"二十六，割年肉。"

过去到阴历腊月二十六，家家要杀猪，开始准备年菜了。

现在，时代不同了，用不着专等二十六才杀猪，猪可以天天杀，猪肉也可以天天吃，而且还有许多比猪肉更好更符合营养学讲究的美食。

但是，年菜还是要准备的，而且要自己动手，不是有这么一句话嘛：自己包的饺子最好吃。

这个准备年菜的习俗还是要保留的，就是说，过春节要家家自己准备一点儿可口的过年菜。

现在流行一种做法：春节期间一家人预订一家餐厅，全家人团聚，在餐馆吃一顿丰盛的年饭。当然，这也不失为一种过年的办法，比较省事，方便；缺点是家庭氛围不够浓烈，而且仅此一顿，应付不了长假的七天，缺少过程感，缺乏那种过年特有的欢快年味儿。

关键还是要自己动手,这样,年味儿才能出来。

不管是在哪国,也不管是什么节日,食文化都是节日文化密不可分的一部分,尤其是对春节,食文化格外重要。或者说,没有食文化就没有春节。现在有一种很无奈的说法:"过春节真没劲。"其实,不是春节没劲,而是春节的食文化没劲了。您想啊,老是在餐馆里吃一顿,那还能有劲吗?确实失去了节日的光彩和味道。

我曾经在国外遇到过圣诞节和感恩节。一去才知道,敢情那天在大街上是找不到一家开门的餐馆的,全关门,所有的餐馆职工都放假回家团聚,无一例外。这种休息权是受法律保护的,您自己不动手做饭还真不行。当然,他们也有自己的传统节日食品,如圣诞节的蛋糕和感恩节的火鸡。顺便说一句,这种火鸡是真难吃。

所以,别以为春节在外面餐馆聚餐是个好办法,不是的。随着经济的日益发达,人们的休息意识也会日益增强,到时候,连厨子和服务员也都回家过节了,您还是趁早学会自己动手做菜吧。

做什么年菜呢?

大年三十晚上吃饺子,这个,似乎还没失传,用不着说。

失传的,以北京地区或北方为例,是做芥末墩儿,是豆儿酱,是春饼,是小酥鱼,是烧二冬。

这几样,是标准的北方春节食品,没有它们,就不像过年。而且，饭馆里还真没有它们，即或有，也完全不是味儿，非常不地道。

我们家的芥末墩儿是非常有名的。母亲在世的时候，总是她亲手操作，成了传统，也是一道绝活儿。父亲对此甚感骄傲，越是来客多的时候，越是要点名上这道菜，宛如唱戏"亮相"，最有代表性，会得碰头好的。

汪曾祺先生有过一句名言：舒家的芥末墩儿是最好吃的，在全北京！

现在，传到我们兄弟姐妹这一代，芥末墩儿依然是我们舒家的重要年菜，最受欢迎。它一亮相，大家就风卷残云，抢得精光，喝得汤都不剩。

我们家的芥末墩儿，由选大白菜开始，到制作方法，都有讲究。因此，做出来后从外观到颜色到味道，都和现在街上所谓京菜馆里卖的芥末墩儿几乎毫无共同之处。所以，一种东西，要是一旦断代失传，恢复起来也难啊，街上卖的芥末墩儿就是一例，和现在街上卖的烧饼、炸灌肠一样，都走了样、变了味儿。

传统的做法是：将抱心的长得紧的瘦长型大白菜切成八分长的菜墩儿，放在漏勺上，用沸水浇三次，趁热码在瓷盆内；码满一层之后，撒上新鲜的芥末粉、白糖和上等米醋，如此循环，码满一盆为止；最后在盆外包上厚毯保温，在温暖处放置两天，取出可食。

这样炮制的芥末墩儿有五大特点：脆、爽、呛、酸甜、凉，还有解酒解腻通气之功能，绝对"绿色"，在一般大鱼大肉的年菜之中肯定是独树一帜，非常另类，必然特受欢迎。

这么看来，自己动手做年菜，以芥末墩儿为例，确实有趣，实在值得传承；尤其是在端上餐桌后，在一片赞不绝口之声中，您往往有一种说不出来的快乐油然而生，那可是一种过年的愉快。

做芥末墩儿吧，别小看了它，它是地道节日食文化的代表啊。

家制年菜五则

春节的趣味之一是自己动手做年菜,关键是要自己动手,宛如包饺子一定是自己包,全家一齐动手,其乐融融,最好吃,也是老规矩。春节的第一定义是团聚。春节时间长达七天,不可能顿顿都上饭馆,那么,有机会在家里拥坐在一张桌子旁,吃着自己动手准备的年菜,而且是平常吃不到的,气氛自然大不一样,这才叫过年!心里一定是温暖的、愉快的、幸福的。

春节的家制年菜有两大特点:一凉二素。

"一凉二素"是针对肥腻和豪华美食而言的,反其道而行之,在年节格外受欢迎。这种逆反是关键之所在,聪明绝顶,大有菜端上来一抢而光的效果。

这有点符合中庸之道,一张一弛,相成相反,相辅相成,在矛盾中产生奇效。

而且是解放妇女的——凉的,不用现炒现做,端上来端下去——方便至极,妇女可以歇着了,歇好几天呢。

五则者，芥末墩儿、小酥鱼、豆儿酱、烧二冬、拌梨丝。

芥末墩儿：

我已经写过一篇《芥末墩儿》，是家制年菜之上篇，这里不再重复。但要强调一下：现在街上饭店里做的芥末墩儿都极不像样，又软又烂，一团稀泥，完全不合格，反而倒了芥末墩儿的牌子，不要上当。芥末墩儿做得好的标准一定是：一脆，二酸，三甜，四冲鼻子地呛。没有这四条不算好活儿。

小酥鱼：

买一拃长的小鲫鱼，开膛收拾干净了，下砂锅，放两寸长的葱段，一层鱼一层葱，倒熏醋，上火炖，微火慢炖，至鱼骨全酥。放凉了吃。

豆儿酱：

买新鲜猪皮，用刮胡刀仔细去毛，下水煮，去沫。半熟时捞出切丁，再煮，并加黄豆，胡萝卜丁、熏豆腐干丁、白咸菜疙瘩丁，一起煮，放凉成冻。吃时切成条，少加点香油、醋和香菜。

烧二冬：

二冬者，冬菇、冬笋也。

好冬菇泡发后去蒂根，切四半，鲜冬笋切成菱形块，放入小砂锅，加香油，和好生抽、酱油和砂糖（后两者不需太多），慢火炖之，放冷后吃。

拌梨丝：

好鸭梨去皮切丝，入盘，上撒白糖，再加金糕条（山楂糕），拌而食之。

以上五则，皆北方过年所必须自备的。

非常好吃，爽口啊！

年轻的朋友们不妨一试，保证叫好。

榆钱儿糕和藤萝饼

写过《吃春饼》、《芥末墩儿》和《冰碗儿》之后,还有两样北京吃食一定得写,这就是榆钱儿糕和藤萝饼。

把榆钱儿糕和藤萝饼归为一类,是因为它俩有好多共性:

一是北京人吃的,或者再放大一点,是北方人吃的,具有共同的地方性。

二是春天吃的,是野生"树鲜儿",是时令食品,季节性很强,属于过了这村就没那店一类的,具有很大的期盼性,这就是它的稀罕和品味所在。

三是家常的,自制的,没听说哪个饭馆卖过,这一条反而让它们具有传统性、节日性,久而久之,嘴上一说就能给大家带来一阵兴奋。

总而言之,榆钱儿糕和藤萝饼是两样北京家庭自制的好吃的特殊食品。

两样又都是面食,一蒸一烙。

榆钱儿学名榆荚，是榆树的荚状籽实，外形很像圆圆的铜钱，只不过比铜钱要小很多，也就是指甲盖大小。铜钱一般有中空的钱眼儿，榆钱儿没有钱眼儿，在其中心部位里藏着籽实，猛一看，那子实仿佛是钱眼儿。榆钱儿成熟于春天，阳历4月中旬就能摘了。那时，榆树叶刚发芽。榆荚长在树枝上，一串一串，微甜，采集起来并不难，一捋一把。榆钱儿嫩的时候是绿色的，有一定的水分和厚度；成熟时呈黄灰色，变干变薄，刮风时，随风飞落，像小小飞碟，能将籽实飘得很远，是榆树自己繁衍后代的好办法。

将榆钱儿洗净，用白面加水搅拌均匀，加盐，上笼屉蒸，切而食之，叫榆钱儿糕。吃的时候，还可以蘸蒜泥酱油，也可以抹果酱，抹黄油，食法尽可发明。

在旧社会，春天的榆钱儿往往是穷人的救命粮，拌以少量粗粮全家蒸而食之，是度荒的天赐之物。

我小时候，在日寇统治下的北平住过五年，那时北平发生了严重饥荒，日本人配给北平老百姓吃"混合面"，那是一种根本不是粮食的连糠麸都不如的混合物。所以春天，大家都拿榆钱儿当宝贝，争而食之。小学校甚至发布命令，让每个小学生上学时要给穷困潦倒的老师带点儿鲜榆钱儿来。

时代变了，榆钱儿的命运也变了。"榆钱儿糕"成了绿色食品，成了一年一度的时令佳肴，成了稀罕的家庭自制美味。今春有朋友从河北涞水来，带来新摘的榆钱儿一大包。赶快分送亲朋，各家自蒸榆钱儿糕，都像过节一样高兴，久违了，大家都乐得合不上嘴，高叫"真好吃啊"。

藤萝开花和榆钱儿成熟差不多是同时的，榆树在北方很普通，到处都是，藤萝则不然，已经相当稀少了，只有公园和大的园子里有，像晋阳饭庄前面那株老藤就更是罕见，它是挂牌的古树名木，是受保护的。

能吃一餐藤萝饼完全是贵族式的享受了。

我本人也有几十年没吃过了。它成了我遥远的记忆。

紫藤花有一股奇特的清香，想想，用刚捋下的紫藤花和在面里烙饼吃，那饼还不香死！绝对是上等的人间美味。

画家朋友在乡间有架藤萝，可惜今年只开了两小串藤萝花，太少。我已和他订下条约，明年无论如何要吃上一张藤萝饼。得，盼着明春吧。

北京，什么样

四合院的"肺泡作用"

北京最漂亮的景致是站在景山顶上往下瞧。从前，你会大吃一惊：北京的树真多！除了故宫的一大片黄瓦外，其他的地方，几乎全是绿的。绿色的空当里露着小四合院的灰瓦顶。这个印象和平常在小胡同里得到的印象正好相反，平常觉得北京城里的树似乎并不多。闹了半天，北京家家有树，全在四合院里，长大之后，蹿过房顶，像每个院里都有几把大伞。由高处往下一看，北京是一片绿。

这是北京一绝！

北京城的奠基者们早在八百年前就有了"环保意识"：给每个小家庭都配备了空气净化器，宛如无数的肺泡，自我调节，空气永远是清新的，天永远是蓝色的，任何时候，站在大马路上，一抬头：西山、北山，就在眼前,青青的,美啊!

多聪明!

北京人的宠物是枣树、柿子树、核桃树、香椿树、夹竹桃、石榴树,还有菊花和各样小草花,像草茉莉、指甲草、死不了儿、玉簪棒儿,等等。家家都有,家家!

因为家家都有院子啊。

上面说的那些树,那些花草,家家都要种上些。所以,从景山上往下看,北京的绿树相当多。

甚至从现代观点上看,对一个大城市来说,这一招都称得上是很高明的。显然,自我调节率、自我净化率越高的城市,其文明程度也就越高,越称得上是先进的、干净的城市。而北京城原来的总体构思是具备了这样的条件的,起码,对空气、对水质,四合院和它里面的绿树、花草有这种高超的净化功能。

这说的是以前。

由于人口的剧增,四合院内人口爆满,搭满了小房小棚,树木被砍伐,花草无处可栽。"物种竞争"在四合院里有惊人的表演。其结果是北京的"肺泡"没有了,北京得了"肺气肿",北京人自己惩罚了自己。从景山上往下看,灰色增加,绿色减少,不是刮风下雨后,甭想再看见西山、北山。

保护四合院,就是保护北京城的自我净化功能。

四合院是北京城的标志

能把北京和伦敦、巴黎、东京区别开的是紫禁城和四合院。光有紫禁城构不成一个城市。没有四合院就没有北京城。必须千方百计地保护四合院。保护四合院就是保护北京的古都风貌。

从保护四合院的角度上看,北京的原貌正在消失。

而且是以极快的速度在消失!

随着大片的危旧平房改造任务的落实,四合院消失的现实也越加严酷。

所以,眼下,对北京城来说,是个历史的关键时刻。搞得好,北京城的古都风貌能保存下来;搞不好,它将被断送掉,就在这一两代人的手里,而且,不可逆转,成为永久的遗憾。

城市现代化和保护古都风貌成了一对尖锐的矛盾。

政府决定设立几片四合院和胡同保存区。这一决定很好。关键是要确实保障这一决定能得到彻底贯彻,在保存区内绝不建设楼房。

这仅仅是第一步。还应制订四合院和胡同保存区的改造计划,分期分批地清理、翻建那里的四合院,使之恢复原貌。

　　这实际上是一个保存区的移民计划,将四合院和胡同保存区内的现有居民有计划地、定向地向城外疏散五分之四,留下五分之一,腾出四合院内的地面和空间,以便种花植树,房子则需原样翻建,外部模式不变,仍是灰色,内部装修和设施则应现代化,每院安排一户或少数几户居住。相应地,在城外应做出规划,分期分批建设新住宅楼群,安排迁出的那部分四合院的居民。

　　只有这样才能将保护四合院和胡同保存区的工作落到实处,而且将这一工作融合到城市的现代化进程中去。

　　另外一点也不容忽视,那便是注意在非保存区内挖掘可保留的有历史文物价值的四合院。实际上,这是把旧城区危旧平房改造工作放在文化视野中去审视的问题。据统计,北京市内有三千多个文物点,如何保护它们是个极大的问题。拆一个便少一个,毁一个便永远消失一个,就是这么现实!

　　现在,面对分期分批改造危旧平房,倒是把保存在其间的文物点提到了日程上,是个好时机。绝不可错过这个机会。应该早日做出每一片的规划,确定整体推平之后,翻建保留哪些文物点。总之,这不只是一个建设问题,而是一个有人文含义的特殊工程。

　　是金子,是珍珠,就应该去淘,去采,细心地,精心地,小心地。

河流是北京城的轮廓线

原来，北京城的轮廓线是城墙，还有城墙外面的护城河。现在，城墙不复存在，护城河却还在，虽然已不完整。

东西走向的残存护城河依然是北京城的最基本的轮廓线，必须好好地加以保护和利用。

有趣的是，最北边的元代土城护城河像额部的发际线，德胜门、安定门一线的明清北城墙的护城河像眼线，南边的广安门、右安门、永定门、左安门、广渠门一线的外城城墙的护城河像下颌线，完全可以构成一张脸的轮廓线。中间紫禁城护城河是鼻子的轮廓线，天安门前面的金水河是嘴线，多么巧妙的一幅图案啊！

北京的地势完全符合古人"依山傍水"的筑都原则。傍的那水便是卢沟桥跨过的古桑干河。后来郭守敬将西山诸泉集于瓮山泊，然后又引入积水潭内，外通护城河，内通六海，最后总纳于通惠河，和北运河相连。它是一套完整的水系。这套历史上人工开挖的水系极为珍贵，万万不可忽视。它的基本格局目前大体保存完好。由于它是按设计开挖的，所以布局规则具有鲜明的、严格的图案性，体现了中国人的聪明才智。

当前的任务便是将这套独具匠心的水系工程尽可能地完好保存下来，而且要精心装扮加以美化，用绿化带把它突显出来，成为世界上最美丽的城市的轮廓线。

充分利用原有标志性建筑

一个古老文明的大城市总有一堆标志性建筑，属于它自己，是它的象征。北京城也有许多这样的象征性的标志。

可是，其中的一些并没有"亮"出来，基本上"藏"起来了。当务之急，是把它们暴露出来，起到画龙点睛的作用。

譬如，天坛的北墙。

天坛的北墙保存完好，呈圆弧形，是"天圆地方"的"圆"的部分，看起来很舒服，而且很长，超过紫禁城的北城长度，赫赫大观，非常有气魄，乘车走四五站路还看不见头，又地处临街要道，容易被看见。

在北京城墙已不存在的情况下，这段墙的价值，对北京来说，就非同小可了。它就成了老北京的一种不可替代的标志。它能烘托一种古老浑厚的东方气氛。

不过，目前，这段墙被红桥市场的小摊位的简易棚子包围着，全然看不见，大煞风景！

明智之举是将市场移位，露出天坛北墙真面目。在墙根栽树种草。

灰墙绿树，远处上方是祈年殿的蓝顶。北京一大景观！一大标志！

又譬如，妙应寺的白塔。

这座白塔的历史和元大都的历史几乎一样老，的的确确是老北京的标志。它建得极为宏伟，高五十一米，塔身直径十八点四米，是北京老城区内仅有的几个高耸建筑之一。

可惜，它的下半部"淹没"在居民房屋之中，挡得严严实实，什么也看不见，形不成整体观念，起不了让人目瞪口呆的震撼作用。

合理的结论应是拆除民房，亮出正面，留出视野距离，给出全景，叫人看了惊讶万分，成为一大象征性景点。

白塔也在要道旁边，每天人流量很大，是个重要标志，"亮"出来，意义不小。

故乡的水

水道纵横

北京原本多水。

一座城池应该近水而建,这是非常自然而又普通的道理,古人当然懂得,并以此行事。

北京城靠近两个水系,辽金时代靠近永定河水系,后因"永定"当时实为"无定",河水经常闹脾气,所以北京城渐渐向东北方向转移,转而靠近玉泉水系。现在北京城内的积水潭、后海、什刹海、北海、中海、南海,以及原来城外西北角的太平湖,都属于玉泉水系。

北京城内除了六大湖之外原来还有许多河道,甚至多到纵横交错的程度。但是,现在的情况已大不相同,仅仅保留了紫禁城的护城河和北京城墙的部分护城河及土城的护城河,其余的几乎全被马路取代了。北京是个特别讲究方向的城市，街道、胡同、房屋永远是正东、正西、正南、正北的，一点儿都不含糊。北京人永远不说"前、后、左、右"，永远说"东、西、南、北"。就是因为北京城方方正正，不管怎么走，保证不会迷路，不会转向，只要认定方向，七拐八拐，准能到达。以至于在北京一旦遇见不直通的胡同或者方位不正的胡同，都会发现入口处有一块"此巷不通"或者"斜街"的牌子。北京著名的"斜街"有鼓楼一带的"烟袋斜街"，西四南大街附近的"东斜街""西斜街"，长椿街附近的"上斜街""下斜街"，前门外的"杨梅竹斜街""樱桃斜街""铁树斜街"等。其实，大凡"斜街"，原本都是河道，河水流起来很少有方向正东、正西的，差不多都是斜的、弯曲的，成为斜街之源。东城区有两条美丽的南北向大街，一条叫"南池子""北池子"，另一条叫"南河沿""北河沿"，它们原来都和水有关。20世纪50年代我上中学时，"南河沿""北河沿"还真是水道，两岸有古老的垂柳，倘若由东岸向西岸走，或者返回，还得过小木桥，颇有过古代独木桥的感觉，很有野趣。后来，明沟改成暗沟，埋了大管子，管子上修马路，遂成现在的样子。西城区也有这么一条水道，后来铺成了马路，北段叫作"赵登禹路"，南段叫作"太平桥大街"，此路不很直，说明它原来是城内的水道。

当然，并非所有的老沟渠都有干净的河水，也有的是污水沟,最有名的是城南的"龙须沟",它就是城市污水的总出口。这些并不能算在北京的水系里。对污水沟当然要妥善处理,统统转入地下,变成暗沟。

其实,把后来一度废除的湖面再恢复,把掩盖起来的干净水道再打开,加以修整,就是漂亮的水面。最辉煌的例证便是莲花池、后门桥下的河道和菖蒲河。有了水,就有了一座以水为中心的美丽公园。

水,是城市的经脉,是城市的轮廓线条;城市无水便无魂,便无彩。

北京,在水系方面,原本是有大手笔的,非同一般,不论从审美,还是从生态的角度,都出类拔萃,理应受到特别的珍视,一大宝啊。

水是大自然最鲜活的代表,城市倘若有水面实乃具有最高级的品位。北京城有湖,有河,北京真了不起!

满湖荷香

北京是荷的城。城内有荷,城外有荷,湖湖有荷,甚至家家有荷。

这是以前,也不是太"以前",四十年以前。

原来,城内以积水潭、什刹海和北海的荷花最盛,城外以颐和园、陶然亭、龙潭湖和清华大学、燕京大学的荷花最盛。

翻开鲁迅先生的日记，早在1912年夏天他就喜欢去什刹海纳凉、赏荷，那里有"冰碗儿"卖，有茶喝，还可以登高吃饭，边吃边有阵阵荷香飘来。譬如，1912年8月9日他在日记中写道："星期休息……午后钱稻孙来，同往琉璃厂。又赴什刹海饮茗，傍晚归寓。"同年，9月1日、9月5日又连去两次。他在1917年的日记中有去聚贤堂吃饭的记载。聚贤堂饭庄位于什刹海西北角湖畔，是个两层的洋式楼房，门脸很大，可以容纳不少客人。它的优点是登楼一望，视野很宽，什刹海美景尽收眼底。湖中长满荷花，微风吹来，清香扑鼻。值得一提的是，这栋砖木结构的楼房现在居然还在，只是变成了机关宿舍，住得拥挤不堪，房屋破损严重，火险情况严重，一点儿也看不出当年的兴盛风采。其实，这栋楼房够得上是个名胜，因为不知道有多少文人墨客和现代知名人士光顾过它，留下过他们的足迹，是一笔很可夸耀的遗产，全是为了那荷花！

朱自清先生有《荷塘月色》名篇留世，成为中学生的必读范文。他记载的是清华园中的荷花。足见在他那个时代荷是夏天的主角，很容易遇到它，很容易见景生情，写出漂亮的文章来。

季羡林先生近年有一篇关于荷的散文，写得精彩，名气很大，成了季氏散文的代表作，还得过奖，题目叫

《清塘荷韵》。讲的是他扔了两粒古莲子在他居住的北大宿舍楼前水塘中，左等右等，三年后发了芽，第四年居然以每天几米的速度扩展，竟占满了全池。他每日清晨的必修课就是站在湖畔数盛开的红莲朵数。他为自己的荷取名"季荷"。

然而，偌大的北京，可悲的是，今日爱荷者竟差不多只剩下季老一人。

几乎所有城内的昔日荷花胜地都片荷全无，光光地剩下一片毫无生气的水面，何等的败兴。

如今，什刹海没有了荷花，积水潭没有了荷花，北海没有了荷花。

记得小的时候，北京人买鲜肉时，用的包装材料清一色的是新鲜的一角荷叶！何等的自然，何等的漂亮，何等的"可持续发展"。

用鲜荷叶包东西，哪都不粘，绝了。

北京人夏天自己因为有荷叶可用，几乎家家都能熬荷叶粥，这可是世界上最可口最香的粥之一，称它为绿色食品的鼻祖一点儿也不为过。而且，工艺极简单，自己动手，唾手可得。

今天，什刹海西岸还有一个"荷花市场"，但经营者屡办屡败，毫无起色，却不知道理何在。其实，原因只有一个，就是你那里连一片荷叶也没有。

其实，要恢复北京的古都风貌，要找回北京的文化风情，第一手，就是种荷，来一个满城荷香！

荷花，北京的水面等着哪。有天赐良水，何乐而不养？

冰碗儿

何谓"冰碗儿"？

这是一道好吃的。

不过，久违了。

有一次，我听说，什刹海西岸又修建了"荷花市场"，便跑去闲遛，希望能找到"冰碗儿"。到了那儿，尽是卖羊肉串的，卖煎炒烹炸的，大夏天的吃了毫无凉意，反倒越吃越热。好不容易，找到一间茶舍，进去，倒是很安静，把店小二招来，只见是一位经理一般的年轻人走上前来答话。

我问："有冰碗儿吗？"

……

又问："有冰碗儿吗？"

这回有了声音："没听说过！"

我告诉他："倘若没有冰碗儿，就没有资格在这儿开茶馆！"

这位经理大惊,连忙讨教,什么叫"冰碗儿",有什么讲究。

我告诉他,冰碗儿者,鲜核桃、鲜藕、鲜菱、鲜莲子,放在荷叶上,荷叶下是碎冰,用碗盛来,食之极鲜,极嫩,极凉。

我告诉他,做冰碗儿,有点儿靠山吃山、靠水吃水的意思,原料一定以水生植物为主,譬如藕,譬如菱角,譬如莲蓬。

我还告诉他,以水生植物为主的食品,还可以卖鸡头米吃,卖荷叶粥吃。

他又不懂了,什么叫"鸡头米"呢?

真的,鸡头米大概在北京已经绝了种,才四十年啊。鸡头米学名"芡实",是多年生水生植物的果实,果实外有刺,外形像鸡头,里面包着一堆圆圆的籽实,打开来,果仁可食,味道不错。

关键是,水面上啥也没有,断了生路,哪儿来的藕、菱、莲子和鸡头米呢?对冰碗儿来说,真正是"无米之炊"啊。

我这里说的藕是北京的藕,不是南方的藕。北京的藕比南方的藕细嫩,宜于生食,等级高。南方的藕硕大,肉实,发"面",发"艮",炖着当菜吃好,做藕粉也好,因为"实在",淀粉含量高。北京的藕,雪白,多汁,是鲜果中的上品。

颜色很重要。冰碗儿里放的差不多都是白色的果实。核桃仁不白,剥啊,趁嫩的时候,剥去果仁的嫩皮,内瓤是雪白的,油脂还未形成,香甜可口,咬起来全是白浆,完全是另外一番味道。同理,鲜杏仁儿、鲜花生仁儿,都可剥去嫩皮,全是白白的小白胖子,极可爱。

这一下,由于下的功夫大了,譬如手工剥皮,自然要卖得贵。于是,便来了商机。

有眼力见儿的商者,何不恢复一下"冰碗儿"呢,先由水生植物种起,既美化了水面,又恢复了优良传统食物,还有钱赚,一举三得。

咱们就呼唤"冰碗儿"再现吧!

发现北海

发现北海公园,北海还需要"发现"吗?

这个命题,如果不是言过其实,起码也是词不达意吧。

其实,北海真的是需要发现的。

为什么?

因为,绝大多数的游客,在短暂的旅程中,仅仅看了北海的一点儿皮毛,如永安桥,如白塔,如回廊,如静心斋,如五龙亭等,仅此而已,其他许多好东西都没来得及看。

因此,需要发现。这是其一。

其二,北海是最好的中国皇家园林之一,保存也很完整,其设计之丰富多彩,堪称是中国园林之首,不可不细看。

对北海需要细细品味,走进去一件一件地去发现,越看越神奇,大有深不可及的态势。

你会惊叹,你会陶醉,你会流连忘返,你会去而再三。

它是最古老的

要讲历史，大概谁也比不过北海，圆明园、颐和园都是它的小妹妹。

而且北海和北京的建都史同龄，北京建都史自辽金算起，有八百多年，北海的存在也是八百多年。

这还不说，早期的北京都城并不在如今的北京城的位置上，当时位置偏西南，在今日宣武区内，北海在它的城外，在其东北方向，这里建有离宫。到了元、明、清三朝，都市向东北迁移，正好把北海圈在中间。

北海就是北京，它是北京的化身。

北京就是北海，北海是北京的根。

如今还有什么遗物证明北海古老吗？

辽代的离宫、金代的太宁宫已不存在，但开凿的湖泊存在，挖湖堆积的岛存在，就是今日的北海和琼华岛，还有中海。

岸上最古老的遗物是元代的一口井。北海西麓上的水精域、亩鉴室和两个水池都和这口井有关。乾隆皇帝写过一篇《永安寺古井记》，刻在古井出水口处，镌刻在水精域北山墙上。而水池所在地曾是元代皇帝御用的"桑拿浴池",当时叫"温石浴室"。

欲找北京最古老的遗迹,欲说古,首选当是北海,有那古井和古水池为证。

它是典范

典范者,楷模、样板、标本、代表也。一是齐全,该有的都有,一点不缺;二是质优,响当当,呱呱叫,顶尖。

北海是典范,是中国皇家园林的典范。中国园林是有说头的,有根有据,有典。总之,有出处,一句话,有故事,不是瞎来的,不是胡编的,从来不是"戏说"的。这就叫有板有眼,这就叫有规矩。常说中国是世界四大文明古国之一,是最有文明历史的国度。北海就是一个具体的证明和体现。请看,北海的布局绝不是随意的,是根据中国古老神话来的,所有的皇家园林都必须如此,北海也不例外。

中国古典神话中说世界的仙境是"一池三山",所有的神仙宫苑都有一池东海,海上有三座仙山,分别叫蓬莱、瀛洲和方丈。皇家园林必须修得像仙境一般,那么首先要有东海和三座仙山。这是个模式。北海就是按这个原则建的,颐和园也是如此。唐代如此,宋代如此,金代以及后来也莫不如此。

一池就是太液池,海上的三座仙山就是琼华岛、团城和犀山台。

所谓该有的都有,是说要什么有什么。要传说中的故事吗?有,周穆王和西王母相会于昆仑瑶池,琼华岛北麓的平台和太液池便是;北麓山坡上的小铜人是神仙承露盘,模仿汉武帝取露求仙的故事所建。要寺庙吗?有,永安寺是喇嘛庙,白塔是它的最高点;北岸的西天梵境、阐福寺和万佛楼是佛庙。要祝寿的殿堂吗?有,最西北角宏伟的极乐世界殿。要皇帝办公的地方吗?有,悦心殿便是,悦心殿旁边的庆霄楼是皇帝和太后观赏冰嬉的地方。要祭祀的坛吗?有,北京九坛之一的先蚕坛在太液池的东北角。要园中园吗?有,不止一个,有三个之多:静心斋、画舫斋和濠濮涧。要亭、台、楼、阁、榭、廊、城、洞、坊、壁、碑、坞、窖吗?有,全有。光是亭子,乾隆时期就建了三十五座,北海是所有皇家园林中亭子密度最大的,可谓三步一小亭、五步一大亭。壁有闻名遐迩的"九龙壁",碑有燕京八景之一的"琼岛春荫"。坞有龙舟的船坞,窖有皇家冰窖,都是各类构筑物中的佼佼者,是最高规格的。

一处园林里功能如此丰富,设置品种如此齐全,除去北海,别无他地。北海当属冠军。

它最有文化

北海里居然有两处展示中国古代书法石刻珍品的展厅。一处叫阅古阁，另一处叫快雪堂。阅古阁在琼华岛的西北角，快雪堂在北海北岸，紧临九龙壁。此两处都是乾隆皇帝所建。

乾隆自己极喜书法艺术，他于1746年得到了王羲之的《快雪时晴帖》、王献之的《中秋帖》、王珣的《伯远帖》。三个帖都藏于紫禁城的养心殿，遂将养心殿藏帖处称为"三希堂"。次年他命人将三希堂的这三件珍品和内务府收藏的历代书法珍品一起勒石镌刻成一部丛帖，共得四百九十五方，涉及魏晋以来书法家一百三十五人，共三百四十帖。后来，专门在北海琼华岛西北麓修建了阅古阁存放这些石刻，宛如一座权威的书法博物馆。

此事过了三十三年，乾隆皇帝又获得一套丛帖，计八十篇，加上王羲之的《快雪时晴帖》共八十一篇。这是明末清初时大学士冯铨编集的，请名家刻石，后被直隶总督杨景素购得运至北京献给皇帝。乾隆大喜，遂在北海北岸建快雪堂，嵌石刻于其东西两廊的内壁上。他自己还写了一篇《快雪堂记》。由于此套丛帖石刻的镌刻艺术高于阅古阁、三希堂石刻，快雪堂石刻便格外显得珍贵了。

有这两个宝贝，北海堪称是中国书法艺术的最高珍藏殿堂。

北海西麓有一个小亭子，是石头的，躲在阅古阁后面，它叫"烟云尽态亭"。奇就奇在它有八根石柱，每根石柱截面呈八棱形，每根石柱均分为上、中、下三段，这样就有八乘八再乘三。共一百九十二个平面，可以刻一百九十二句七言诗，加上顶部八根石额仿外侧内侧还有十六面，总共提供了二百零八个平面，可刻二百零八句诗，可刻载七言律诗二十六首。诗均出自乾隆皇帝本人。每个字有拳头大，字体也很漂亮，诗意并非全是风花雪月，也常有"忧心时切万民家"这样的体贴民情的思绪。

这个亭子是世间绝无仅有的，是亭子中的绝品，属于上上品。

这哪是个亭子啊，倒不如叫作彻头彻尾的文化载体。

全世界也只有中国才有这么典雅的建筑物。

它就在北海。

不是石头的石头

北海的一绝是石头。这是其他园林所没有的。其他园林，只要是中式的，倒是都有石头做装点，有的石头还很有名气，如颐和园的青芝岫。但是这些石头都只是个体。北海则不然。北海的石头是堆成山的。整个山以石头罩面，像盖被子一样。而所用的石头简直不是石头，而是价值连城的宝贝。

此宝贝是太湖石，奇形怪状，讲究"漏、透、瘦"。

说起北海的太湖石，那可是有一车的故事。

金人灭北宋之后，攻下了开封，把宋徽宗和钦宗掳到东北。金人定都北京之后，效仿宋徽宗决定也在京城东北方向建一个宛如人间仙境的艮岳，便将开封艮岳上的太湖石运至北京，放在琼华岛上。以至北海琼华岛上每一块太湖石都是宋代华丽皇家花园中的实物。这些太湖石便有了一个别名，叫"折粮石"，因当初耗用大量民工由开封搬运至北京时，以出公差抵赋税的变通而得名。而此前，这些珍贵的赏石确实是九百年前从太湖中挖掘出来的，沿隋唐大运河由苏浙用大船运至开封，这便是历史上宋代末年有名的"花石纲"，又叫"生辰纲"，曾引出无数人间悲剧故事来。

所以，北海琼华岛上的那么多石头，每一块都渗透着民间血汗，都值得肃然起敬，很值得停下来用手轻轻地摸摸，对每一块！不管是在哪个角落。

历史，这就是历史，沉甸甸的。

康熙皇帝在建瀛台时曾搬走了一大批琼华岛上的太湖石，但到乾隆皇帝重建北海皇苑时，经过整理，整个琼华岛的表面还是被覆盖了整整一层珍贵的太湖石，不论走到哪里，眼所看，足所踏，手所触，整个一座琼华岛，竟全是太湖石的天下。

这肯定是一绝。

特别要到西麓和北麓去看。乾隆皇帝将西麓和北麓的整体山坡用太湖石设计成叠瀑。下雨时水沿石而下，因无法渗入土中，而成流水叠瀑，顺石跌落而下，水大时，浪花四溅，飞舞跳跃，水面宽，坡度大，阶数多，非常壮观。而且湍湍有声，真成了令人"耳目一新"的景观，皇帝本人喜欢坐在对面漪澜堂、道宁斋的殿堂内观赏，眼前是一幅动态的天人合一的得意之作，宛如一张有音乐伴奏的中国山水画！

处处是太湖石

更有甚者，在北坡上，乾隆皇帝还用太湖石修建了很长的山洞，这个洞穴可供钻穿嬉戏，这便是北坡上"嵌岩室楼""盘岚精舍""一壶天地亭""写妙石室""酣古堂""吕公洞"等一连串景点的所在地。

这些洞穴至今保存完好，并对外开放，全是太湖石的。

设计者是皇帝本人

北海，一是位于皇城之内，和紫禁城近在咫尺，二是相对西山的三山五园来说比较小，所以，皇帝本人，尤其是乾隆皇帝本人，充当了设计师，这是北海的又一大特点。所以，北海注定了规格最高，用料最好，内容最多，密度最大，质量最佳，毫不夸大地说，琼华岛和太液池四周的每一寸地都被乾隆皇帝安排了景点，一个挨着一个，错落有致，而且，设计者敢于突破，有奇效，非同一般，在皇家园林中是拔了尖的。

要说世界文化遗产，北海早有资格，毫不逊色于颐和园，应该成为北京市的第七个世界文化遗产项目。

圣彼得堡郊外的夏宫花园是彼得大帝亲自设计的，闻名于世。我们的北海，也应该好好宣传，它也是皇帝本人设计的，是个世界级的皇家园林代表作，何况，向上推，其历史很悠久，特别难得。

现存乾隆皇帝描述北海的诗作居然有七百零一首之多，太惊人了，一个花园啊。大概，世界上没有哪个花园还能和它相比。

乾隆皇帝还有几篇关于北海的非常长的论文，通通刻在石头上，讲明了他设计北海的总体构思、指导思想和具体内容。

它们是：《白塔山总记》、《白塔山四面记》（分南面记、西面记、北面记、东面记四篇）、《永安寺古井记》、《七佛塔碑记》、《快雪堂记》。

中国古人了不起，找到了一种永久记载历史的最佳方式，那就是把文字刻在石头上，保存得当的话，可以长久留存。这个办法让后人可以面对历史上的当事人，再直截了当不过了。

乾隆皇帝的文化修养在历代皇帝中是首屈一指的，看他的诗作和书法便可知晓，加上他在位的年头最长，又是太平盛世，国库很有钱。中国当时是世界上第一富国。档案上记载修北海用去了二百三十二万两银子，这个数字大致相当于国库年收入的百分之七，由此可知，北海的精美是有充分的物质基础的。加上乾隆见多识广，六下江南，南方著名的私人园林都被他研究透了。在北京，打造一座集锦式的，有继承又有发展的，独具匠心的皇家园林便是毫不奇怪的事情了。

北海里的景点虽然密度大，但走进去，却一点儿不显拥挤。它的好处是处处有空，处处包在植被之中，又处处有起伏，步移景换，在自然美景中一会儿这儿钻出个小亭子来，一会儿那儿露出半个屋顶来。最好的办法是在琼华岛的山坡上坐下来，静静地看，有的角度视野可以望得很远，有的角度视野中尽是绿色，一扭头，咦，一组房角的飞檐几乎可以触到你的鼻子。你可以在这儿安静地待上半小时，忘记世上的繁华和嘈杂，品味中式园林的恬静和优雅。你还可以细细地朗读那些数不清的匾额楹联和诗歌。总之，北海的设计是密而不挤，景致无穷，又都那么自然。慢慢地，你会明白，中国园林和外国园林是完全不同的两件事情，中国更崇尚天趣，追求天人合一，用一切人工的手段烘托出自然的美感，并加以延伸，变成图画、诗歌和音乐般的熏陶。

进北海南门，过桥，过了"堆云"牌坊，进永安寺大门，沿着琼华岛中轴线向上爬，来到永安寺里，可以看到两通大石碑，立在亭内，这就是《白塔山总记》和《白塔山四面记》，真像是来到外国景点"游客接待中心"里的解说大厅。他们那里有大银屏，有纸质的旅游指南书；咱们则有大石碑，皇帝御笔，太神气了。

看罢石碑转过头来，向下看，看永安寺的殿顶，那上面居然用六彩的琉璃瓦，白的、黄的、蓝的、红的、黑的、绿的，铺成巨大的菱形图案，在屋顶上，神奇之至，哪儿都没见过。您会感到很惊讶,在这么个小角落,居然会有如此精心的安排,细节设计居然周密到如此登峰造极的地步,真是绝无仅有。

在您瞠目结舌之余,一句感叹语一定会脱口而出:

发现了一座世界上最好的花园!

从景山顶上往下看

北京最美的观景点在哪里？

在景山，在景山的顶上。

由景山顶上往下看，美不胜收。你会看见一个世上独一无二的漂亮的大城市。

别的先不说，单是北京的绿，就让你吃惊，而且是大吃一惊。

除了中间正面的一片金黄色的琉璃瓦之外，由上面看下去，北京居然是绿的！北京城整个被绿树覆盖着。

这个印象，在城里，在平地上，是很难形成的，包括像我这样久居北京的人。

奥秘在哪里？

北京是由中心的皇城和皇城四外的胡同组成的，胡同里是四合院，处处有空，可以处处种树，当树冠蹿过房顶之后，由上面看下去，连成一片的，是绿色的树海。

于是，北京城就成了绿的。

这个设计真是出类拔萃，真是聪明，又真是独特。

西方的大城市的一个通病便是它们的拥挤、喧闹，憋得让人透不过气来。挤到一定程度上，人们觉醒了，反过来，再改造它们，拼命地扩充绿地，挤出地方来修街心公园，见缝插针地种草植树，或者，干脆往城外跑，去盖乡间别墅，去与田园风光做伴。

北京打一开始就不必如此，北京处处有空，北京很从容，站在北京大马路上能看见西山、北山，泉水由那里流出，城里有大片的湖面，有好多条河由西向东地流着，常年不断。北京动中有静，北京闹中有逸，只要一进四合院的门，处处有树，有花，树上有果子，花上有蜜蜂。而且，家家如此。

这是传统。这也是文化，其实，是很先进、很科学、很现代化的文化。

不是要回归大自然吗？我这儿就有哇，不用出院，就有柿子树，有香椿树，有桃树。它们都能长得又高又大，还不招虫，换着季节地给院主人以实惠。先是可以吃香椿的嫩芽儿，一开春就长出来了；到夏天有鲜桃吃；夏末有枣子吃；秋天有柿子吃。柿子吃不完，储存起来，冬天一上冻，是自家土造的冰激凌。北京人还爱用花盆养观赏花木。最受欢迎的是石榴树和夹竹桃，还有大水缸中的荷花，这三样都符合典型的"红花绿叶"观，它们的叶子茂盛而碧绿，花却是大红的，粉红的，而且花期长长的，教人老有一种万绿丛中一点红的灵感；何况，到了秋天还能在不很大的树干上结出大红石榴来呢。

不是要净化空气消除污染吗？我这儿就行呀，院子里有这么多树，地上还有各式各样的草花，南墙根儿一定有玉椿棒儿，院当中甬路边上有指甲草，有草茉莉，有死不了儿，有蝴蝶花……它们都能净化空气，就像每一家都配备了一套自己的空气净化器似的。人周围有众多的植物，人周围有一定的空隙，每一个四合院就是一个小小的北京城的"肺泡"，无数的"肺泡"每时每刻在自动地净化着北京。从生态学的角度上看，一个四合院，和它的花草树木，便是一个局部的小气候，再生能力相当强。而无数的优质小气候就能使北京成为世上少有的清新而干净的大都市。

北京有世界上最美的街道，它们是纵贯南北的南池子大街和北池子大街，以及和它们对称的南长街和北长街。这里有红墙绿树，而且街两侧的古槐能够彼此在树冠上合拢，让整条大街有个长长的绿色的盖儿。

北京有世界上最美的街心林荫，它就是正义路，光是各种树横着排就多达八行，在闹市中间。

北京有世界上最美的大马路，它就是西长安街，红墙边上整条路边种着玉兰，都是大树，何等的高雅。

近年来，北京城面貌变化很大，经历着它的历史上最深刻的变革。从景山上往下看，北京变大了，城内的高楼多了，城市天际线被高楼群占据了，四合院里的树少了，人和树在进行着残酷的"物种竞争"。值得宽慰的是，年年有大规模的植树种草活动，宏观上绿色植被面积年年在上升，明显的改善是北京有名的风沙已经大大减弱了它的暴虐。

北京城诱人的魅力是它的绿，不管如何变化，它都应是北京城永恒的骄傲。每当客人来访时，最使北京人自豪的话，当是：

"您到景山顶上去瞧瞧，往下一看，北京是绿的！"

北京最美的街
——景山前街及其延伸线

报刊上曾有过报道,说老舍先生说过,北京最美的街是"景山前街—文津街"。

我认为此话可靠。原因是老舍先生曾把这段路写进《骆驼祥子》里,作为小说人物活动的地理背景,在第九章。请看:这儿什么都有,有御河、有故宫的角楼、有景山、有北海、有白塔、有金鳌玉蝀桥、有团城、有红墙、有图书馆、有大号的石狮子,多美,多漂亮。

在20世纪20年代初,老舍先生本人曾在西城区北长街的教育会里工作过和住过,现在是北长街小学的所在地,他对这一带很熟。所以,后来把《骆驼祥子》里的曹先生的住宅就安排在这条街上,小说中祥子曾在曹宅里拉包月,虎妞到曹宅里来找过祥子,威胁他说她"有了"。他们边走边谈话的路线就是由北长街走到北头的三座门,再到景山前街和文津街。

一条街上能有这么多景致，这么多元素，在北京，大概只能是景山前街—文津街了，舍此再也没有其他的地方。

它紧挨着紫禁城，恰在它的西北角，能把紫禁城建筑的辉煌尽收眼底，有得天独厚的便利。抬头望去，有景山的山，有琼岛上的白塔，还有团城上的白皮松，也都是无比美丽的景致。走到北海大桥上，低头望去，南北两边都是水，是北海和中南海的湖面。在城市的最中心，能如此地贴近山水，贴近大自然，真是难能可贵。一句话，这个地方是天人合一思想的最妙、最佳体现处，把中国文化的精髓表达得淋漓尽致。

还不止于此，这条街，经过多年的改造，现在向西向东伸延了很多，成了一条很长的大道，西可抵阜成门，东可抵朝阳门，恰好将对称的北京城的原东西两座城门连接起来，是唯一一条横穿过去的皇城的横向大路。别的横向大道都在皇城之外，如长安街、平安大道。这条路包括了以前的阜成门内大街、西四东大街、西安门大街、文津街、三座门大街、景山前街、景山东前街、汉花园、沙滩、猪市大街、朝阳门内大街。

这条大道堪称北京的文化大道。不是讲究"打造"吗？对它却用不着，它是天生的文化大道。

由西往东数，这条大道上有北京鲁迅博物馆，有白塔寺，有历代帝王庙，有广济寺，有国家图书馆分馆，有团城,有北海公园,有中南海,有大高玄殿,有景山公园,有故宫博物院,有红楼,有五四广场,有中国美术馆,有考古所,有隆福寺,有孚郡王府,有人民文学出版社,其中有世界文化遗产,有全国重点文物保护单位,有成片保护的历史文化街区。总之,一路走来,几乎处处都是名胜古迹,有名的历史事件发生地和著名的文化单位,称它为"北京东西文化一条街""文化大道"是绝对名副其实的,而且是中国文化大道,内容涉及中国皇家文化、士大夫文化、平民文化、宗教文化、现代文化及文学、美术、文物、园林等丰富多彩的文化内容,来到这里,宛如步入中国文化博物馆群。

真的可以这么命名——中国文化大道,把它这么突出出来,作为旅游观光专项也特别合适。

它有景有情有史有趣有名。它是北京美的代表。

登钟楼赏飞鸽

许多城市里有钟鼓楼,大多在市中心。北京也有钟鼓楼,但并不在市中心,而在几乎最靠北的中心轴线上。过去有城墙的时候,钟楼的北面就是城墙。它是北京城中轴线上最后一座大建筑物。

这是北京城墙总布局的一大独特之处:有前门,无后门。城的正前方,正南方,有永定门,但不开后门。北城墙只有两座城门,而不是三座,西为德胜门,东为安定门,和南边的宣武门、崇文门并不对称。这就是一种讲究,有故事,有说法:不能泄"气",不能一通到底。正像前面的大门不能一览无余,必须筑一座影壁挡住视线,道理是一样的。

钟楼

北京钟楼的建筑特点是它的砖石结构。

几乎所有的北京古建筑都是土木结构，只有钟楼例外，它是砖石的，不用木头，这在北京，乃至全国，都是少见的。

它很像是外国建筑。在西方，建筑多用石材，可以垒得很高，塔尖耸入云霄。它们的刚性很好，但弹性不够，遇到大地震就会严重受损。

中国则不同，多用木材，榫卯结构，弹性极高，不怕地震，但房子往往就是一层的，或者矮层，以宽广为美。

到北京看钟楼，首先要看它的砖石结构。

一是又高又瘦。

二是砖灰石白瓦黑。

所以很特别，在一群黄瓦红墙的土木结构的大殿建筑群中有点儿鹤立鸡群的味道。

它也是北京最高的建筑之一。天安门三十四点七米，故宫太和殿三十五米，午门三十七点九五米，正阳门四十二米，鼓楼四十六米，钟楼四十七点九米。可见，钟楼在中轴线上是最高的古典建筑。

因高而瘦，也是必然。

钟楼的钟基本上是两节，下节是高高的中空的台式基础，有四个门，一边一个，上节是挂铜钟用的，也有四个门，还有四对窗，以便通音扬声，传播至远。

过去没有钟表，更没有手表，全城的人都是靠敲钟、敲鼓和打更来计时。钟楼和鼓楼至关重要，不可或缺。现在，钟楼和鼓楼都成了真正的古迹。古迹自有古迹的乐趣，不妨走近一看。

顶有意思的是，由底层可以登内部石阶上到上层，可以走出钟楼，来到有汉白玉围栏的城垛上，向四周观望。

这是少有的可供登高一望的市内景点。

它不像景山，前方是故宫。它的四周是市景。这是一个特殊的看点。

还可以从上面看飞翔的鸽群，听鸽哨的悠扬。

从来都是由下面向上看飞翔的鸽子，只能看其肚子。到了钟楼或者鼓楼上，能看见鸽背，飞着的。

老画家于非厂擅画鸽。有一次老舍先生对他说：您要想办法上一次天安门，由上面向下看，看飞着的鸽子的背部，再画出来，会是重大突破。于先生照计而行，画出来，果然有奇效。遂把一张首次画成功的重彩工笔飞鸽图赠给了老舍先生。上面有露着背部的飞鸽，这张画是于先生晚年的代表作。

登钟楼能有这种乐趣。那附近住了不少老居民，有养鸽子的传统，故而赏飞鸽是钟楼的一趣。

我曾用水墨和宣纸画过钟楼，试图表现钟声。自知表现声音是一道难题。画完之后，我在画上的题词是：钟声哨声的交响乐。

钟是不敲了。看建筑，瞧大钟，赏飞鸽，由上面看鸽背鸽翅，仍是个乐子。

一段漂亮街墙的命运

如果仔细留神,在北京东城区米市大街上,路东,有一段很整齐的街墙,位于东堂子胡同和外交部街之间,它的斜对面是当今协和医院的门诊楼。

这是一段很漂亮的墙。

它很完整,干干净净,规规矩矩,没有任何装饰,裸面,素装,露出砖的本色,幅面很长,大致有一百米的样子,高度适中,不高不矮。细瞧的话,还会发现它的砖很特别,是"钢砖",又俗称"耐火砖",质地瓷实,用料和烧制工艺都很特殊,以至外表和颜色都有别于普通的红砖和灰砖,明显质密,表面平整,呈黄褐色。顶特别的是,隔几行砖,就镶砌一小块半截的砖,将断面朝外,故意向墙外凸出一点,使得整个墙面故意不平整,显得不呆板,有点儿跳荡,仿佛一下子就活泼了。而那块半截砖的断面竟然是深褐色的,很光滑,像玻璃似的,制作时的窑温一定很高,都烧熔了。可见,烧制工艺之讲究。这种不规则的墙面搭配颇有艺术性。

有这样的设计和制作一定是洋式的，绝不是中国古典建筑工匠的风格，这么做明显是违反中国工匠的行规的。

果然，在这段墙的背后藏着若干栋小洋楼，全是协和医院的高级宿舍群，是协和医学院和附属医院本体的同期建筑物，也和南边北极阁的协和宿舍楼是姊妹楼，原来是美国石油大王洛克菲勒投资兴建的，建造的时间大致在1916年之后的几年之内。

哦，这段墙原来是为遮挡协和大夫和教授宿舍小楼用的，使它们不至于从街面上一眼就被看见，宛如中国宅子门口的影壁。

20世纪50年代之后，林巧稚大夫和她的教授同事们，就住在这些小楼里。

协和医学院和附属医院由于设计别致，造型优美，是中西合璧建筑的杰出代表，已被确定为全国重点文物保护单位。后来，经过全国政协委员的呼吁和提议，这些配套的宿舍小洋楼群也被定为协和医院的扩展保护项目，得到了保护。

但是，唯独把这段墙忘了，而且在迎奥运整治街道面貌的规划中，要把它拆掉，据说，理由是要把漂亮的小洋楼群和花园"亮"出来，以便由街上能看见它们。

好在，拆之前，先咨询了一下。

记得，2006年8月9日，我被东城区文物保护主管单位请到了现场，实地查看了一番。

我的意见是：别拆。

理由是：

这段墙和小洋楼群、花园是一个整体，当初是为遮挡小洋楼宿舍用的；

它也是文物，已有八十年的历史了，又那么完整无缺，挺难得的；

它很漂亮，做工精细，很特别，在北京城里可能是独一无二的。

我很郑重地写出了书面意见。我还特地建议：千万别在墙面上涂涂料，如果已经喷红了，要洗掉，要"原生态"，恢复原状。还可以在人行道旁，在墙根种点儿小花草，起点儿保护、点缀和提示作用。当然，也可以挂牌，

街墙一景

讲讲历史来由。

最近,我路过那里,发现:街墙完整地站在原地,非但没动,还种了花草,还挂了牌,极漂亮。

真的没拆。很是欣慰。

寻觅几位法国友人在京足迹

我说的法国人，是指铎尔孟、圣-琼·佩斯、贝熙业这几位，都是20世纪初在北京长住或待过的，一辈子和中国有不解之缘，为中国做过许多好事，是值得纪念的远方朋友。

铎尔孟的名字是和《红楼梦》联系在一起的，是当代最著名的法国汉学家。

我知道铎尔孟的名字是通过李治华先生。李治华和他的夫人雅歌用了二十七年的时间翻译了曹雪芹的《红楼梦》。翻译的最后十年李治华是和铎尔孟在一起的。李治华的头衔是"译"，而铎尔孟的头衔是"校"。当时恰值1954年，铎尔孟被迫离开北京，返回巴黎，无事可做，正好有校审《红楼梦》法文译本的事，一忙就是十年，其间每个星期两次李治华赶来和他见面，风雨无阻，不分节假日，两人埋头共同切磋定稿，直到全书校审完毕。这个活儿也是铎尔孟赖以生存的经济来源。本来，他还想再校审第二遍，只是生命已近终点，无法实现。

2001年我应驻法大使吴建民的邀请去为我驻法使馆人员讲演。在国庆招待会上我遇见老朋友李治华先生，他约我第二天午餐时详谈。这次接触让我有机会去了一次李治华在里昂乡下泊郎驿的别墅。由那儿我取回了《红楼梦》法译手稿，十二大册，约三十斤，整整装了一箱，共四千二百三十一页。此稿现存中国现代文学馆。详情我已写在《去法国小镇取宝》中，里面有这么一段：

"《世界文学名著》丛书的翻译体例规定：除译者外，必须有另一名专家任校对。《红楼梦》的法文校审由铎尔孟教授担任。此人是中法大学的创始人之一，清朝时就来到了中国，教授法国诗歌戏剧及中译法课程，用毕生精力研究中国古典诗词，在中国待了四十九年，五十年代初才返回法国。他在生命最后十年，足不出户闭门修润李治华翻译的《红楼梦》，把全部精力和时间都贡献给了这项工作。他和李治华每周见面两次，暑假则住在一起一两个月，不断切磋，非常认真，一丝不苟。全部手稿的每一页的每一行都留下了铎尔孟教授的修改笔迹。就手稿来说，不论从什么角度看，它都是一份弥足珍贵的文物，如此精益求精，如此敬业负责，如此精诚合作，给人一种非常惊心动魄的感觉。"

这个故事还有下集，而且这个下集又分上、下两个。头一个是我力主法国政府应为李治华先生的文化功勋授勋，为此我建议中国驻法大使馆文化处从侧面积极配合促成此事，经过一段酝酿，果然成功，李先生继巴金、盛成、艾青等先生之后成为法国政府颁发荣誉勋章的华人、华裔获奖人之一。此后我代表中国现代文学馆出面邀请李治华、雅歌夫妇访华，在文学馆召开了隆重的"李治华、雅歌文库"落成典礼，并借此机会热烈庆祝李先生获法国勋章。先生再一次重返母校中法大学两个旧址参观，大大地热闹了一番，那年李治华已高龄八十有八。

铎尔孟先生在《红楼梦》法译手稿上留下的修改手迹，每一行每一句都有，而且页页如此，惊人啊，给我、给每一位有机会见到手稿的人，都留下了震撼性的印象，于是，又导致了第二个故事的发生。那就是出现了一本专门描写此事的小说，作者叫郑碧贤，书名叫《〈红楼梦〉在法兰西的命运》，像接力赛似的，她用了两年多的时间在我将《红楼梦》法译手稿接回中国之后，连续追踪采访李治华夫妇及其子女，并挖掘出不少有关铎尔孟先生的资料，特别是她在书中首次披露铎尔孟在华、在法的珍贵照片。这本书2005年在国内出版，由我写序，后来又出了法译本。我出席了该书在北京的首发式。

书中有三张照片特别惊人。

其中一张是铎尔孟回法国后居住的地方，一个叫华幽梦的地方，离巴黎四十五公里，那儿有一座圣·路易国王在1228年创建的修道院，铎尔孟在这里生活和工作了最后的十年，直到去世。这里有很大的院子，有森林，有湖，有古堡，有教堂，有别墅，有圣·路易卧室。经过18世纪法国大革命的洗礼，教堂已残破不堪。教堂的一座钟楼被砸得只剩下高高的一角，孤零零地立在那里，像一把利剑刺向蓝天。照片把这个充满悲愤的利剑似的残楼表现得让人非常震撼。顿感在这里翻译《红楼梦》倒是在气氛上十分搭调。

法国华幽梦修道院

另外两张是1925年铎尔孟在北京时的留影，是在他的家里，一张表现伏案工作，另一张正坐着看书，均在同一间房子。陈设除一张单人沙发外清一色的全是中式古典家具，桌上是中国瓷器，地上是中国痰盂，墙上是中国画，地上铺着中国地毯。铎尔孟正手执毛笔写汉字。房子明显是北京的四合院平房，高大敞亮，但经过精心改造，有大玻璃窗，有木隔墙，保留雕花隔扇，还另开有后窗。顶有意思的是，铎尔孟着中式长夹袄，缎子面，有大花，穿皮鞋，抽烟斗，一看就是一位酷爱中国的很有修养和学识的外国学者。

早年铎尔孟是应聘到北京教醇亲王载沣的孩子们学法文的老师，那时溥仪刚一岁。铎尔孟在醇亲王府里客气地抱过溥仪，后者还把尿殷勤地撒在了他身上。以后铎尔孟担任过北洋政府顾问，和志同道合者一起创办了中法大学，1941年以后担任北平中法汉学研究所所长，掩护过许多中国学者。他是个收藏家，离开中国时曾留给北京图书馆一大批藏书，带回法国的数以万计的中国典籍在他身后则藏于里昂图书馆。

现在知道那所铎尔孟生活过工作过和藏书的房子是位于北京东城区的甘雨胡同，但是究竟是多少号已无从查找，现在是否还存在，也还有待考察。

如果，有朝一日找到了它，那倒是一个很有纪念意义的地方。

铎尔孟在甘雨胡同故居

铎尔孟先生如果健在,以他的成就和作用而言,同样是有资格获得法国最高荣誉勋章的,理由是他在中法文化交流上毕生做出过重大贡献,历史是不能忘记他的。

那所房子,那间客厅兼书房,像那两张照片所示,就是最好的证明。

其实,在甘雨胡同两侧进行一次小小的地毯式搜索,看看是否能发现那照片上的高大的玻璃窗户,也就不难找到那所旧居了。

但愿吧。

铎尔孟在北京有一位法国同事,叫贝熙业,同样是一位了不起的人物,他在北京的足迹同样值得一觅。我有幸参加了一点点这种寻找。

有一天,在2007年年底,我接到一个电话,非常像导致一桩著名公案——美术馆后街22号院保卫战的那个求救电话,这次要我去看看北京东城大甜水井24号院的房子。

我找了个星期六下午去了一趟。发现那里的四合院已经拆除了一大片,只孤单地保留下两三个院子,其中一个门牌是大甜水井24号。

拍门进去后,居民老夫人很客气地领我在屋内观看,说电话就是她打的。听她说,这房子以前是法国医生贝熙业的住宅,也是贝大夫所建。

房子基本是中式的,但细部多处是洋式的。譬如,有专门的卫生间,有抽水马桶,地上是木板,墙上有木护板,而且是压花的,房外有围成一圈的走廊。东院院内有一口井,井圈上还有文字。这大概就是那口有名的甜水井吧,胡同因此而得名。

贝熙业是法国驻华大使馆的大夫,曾在东交民巷开办法国医院,当院长,还在天主教西堂前面开过诊所,是北平有名的大夫,为许多中外患者看过病。贝大夫也是中法大学法方六大董事之一。他在城里的私人住宅就在大甜水井。他也是上世纪50年代初返回法国的。他走后,他的住宅曾分配给轻工业部部长蒋光鼐先生居住,以后是纺织工业部的副部长及其家属住在这里,现在产权还在全国纺织行业协会手里。现在这栋房子正面临被拆除的命运,据说拆除后这里将是扩宽的道路和绿化带。

　　海淀区妙峰山下管家岭一带有一座远近闻名的花园,人称"贝家花园",现在是海淀区的文物保护单位。这个"贝"正是贝熙业大夫。他当时在这里建造了一栋别墅,假日里常到这里来休息,顺便也给当地乡民看病。在贝家花园里有一座特别的建筑物建在山坡上,是一座碉楼,三层高,是用石头垒造的,面积不大,大致每层有十六平方米,底层是乡民候诊室,第二层是贝大夫的诊室,装有洗手池。在碉楼的底层铁门门楣上有一幅小石匾镶嵌在墙上,上面是李石曾先生题写的四个大字"济世之医",题跋中对贝大夫的医德医术有很高的评价。

贝熙业碉楼

抗日时期，贝大夫曾利用他的特殊身份帮助过北平的抗日活动，包括对附近的共产党领导的抗日根据地提供医疗药品和器械，他也悄悄地医治过游击队伤员和边区士兵。贝家花园是一个重要的中共京西地下情报联络点，也是许多爱国志士奔向解放区的重要通道。他们由妙峰山出发去门头沟斋堂，再沿山涧去晋察冀边区或延安。当时贝大夫已年高七十，他自己骑着自行车，驮着几十斤药品不顾道路崎岖不平，由城里骑到妙峰山下，交给地下交通员再转进根据地。当时，替他看门护院的人就是我党的地下交通员。城里的地下工作者如黄浩同志，也常常通过贝大夫将购买的医疗器械和药品转运给晋察冀边区，送到白求恩战地医院等处。珍珠港事件爆发后，燕京大学英籍教授林可迈当天携带两箱无线电零件逃到贝家花园，最后成功辗转进入延安。

妙峰山山麓一度曾是在京法国人经常光顾的地方，原因是这里有许多中法大学的附属机构，如中法大学附属温泉中学、西山第三试验林场等，贝熙业别墅建在此处绝非偶然。法国人兰荷海的别墅也在附近。他们当时都是准备在这里久居的，甚至还准备了坟地。

在20世纪初和他们经常来往的还有一位使馆的外交官，叫圣-琼·佩斯，是一位诗人，他曾和贝熙业结伴由北京出发到蒙古旅行，寻访古丝绸之路。1917年至1921年期间他曾住在这附近一个叫"桃源"的地方的小道观内，创作了一部长诗，叫《阿纳巴斯》（《远征》），1960年荣获了诺贝尔文学奖。温家宝总理2005年12月访法期间在巴黎综合理工大学发表演讲时特别提到过这件事。他说："许多法国现代政治家、文学家对中国文化都有深厚的感情。1960年诺贝尔文学奖得主，法国诗人圣-琼·佩斯的长篇杰作《远征》，就是他在北京西郊的一座道观中完成的。"

国内的圣-琼·佩斯翻译者和研究者及文史工作者曾花了很长的时间在北京西北郊区寻找法国诗人写诗的地方。有关资料中多次提到诗人曾在离北京三十公里的桃源寺、桃峪观里逗留写作。现在已大致锁定在海淀区妙峰山下管家岭一带。那里已发现一块大石头，上面刻着"桃源"二字。旁边就是法国人兰荷海的住宅，不远处有贝家花园、龙泉寺和七王坟。

我曾于2006年提过一份全国政协提案，建议在桃源附近复建一处圣-琼·佩斯的写诗处，纪念这位杰出的法国诗人，或许是一处中法交流的有趣的胜地。这份提案得到了海淀区人民政府的原则同意，说准备在条件成熟时建造。

我到管家岭村访问的时候，村干部曾对我说，他们已得知有人建议在这里兴建法国诗人的纪念点的消息，说有关部门正在筹划中。听到这儿，我心中暗自感到高兴。唯一要注意的是，不能搞得太商业化，毕竟这是一处文化景点，要有文化内涵和品位。

其实，大甜水井贝熙业故居、甘雨胡同铎尔孟故居（如果能找到）、贝家花园，都是可以办成博物馆的，叫作中法文化交流博物馆吧，内容都是既充实又精彩的，中国人和法国人同样都会感兴趣，一定会成为人们出出进进的观光游览胜地。而且，这么做，才对得起朋友，他们之中有的不愧是白求恩式的国际主义战士，有的是世界知名的诗人和学者，都为中西文化交流，为中国的先进文化事业的发展帮过忙，出过力，留下了宝贵的精神财富。

对这样好的朋友，理当尊重。

时机也正合适，补课还不算晚。

不过，要抓紧啊。再晚，等什么都没有了，就更对不起人了。

呼吁保护崇内九座中西合璧近代小楼

当你走过崇文门到北京站之间的那段路时，你会发现路南有几座非常好看的小楼。

它们有灰灰的墙体，坡坡的屋顶。它们有错落有致的造型，这面凸出来，那面凹进去，将窗户悄悄地送出来，或者收进去，还有那些小阳台，外形和尺寸都不一样。偶尔有一个小女孩在阳台上闪出来，忙着什么，弯下腰，和过往的邻居善意地打招呼。内内外外煞是可爱。

小楼和小楼之间有高大的树，可能是槐树吧，有小花坛，还有不宽不狭的路，彼此相通。布局仿佛像个小公园。

数一数，这些小楼数量并不太少，光是后沟（这是胡同名）2号一个院里就有九座。其西、其东还有不少。有的紧贴大马路，由大马路上差不多都能看得见。每每路过这里，眼睛一亮，哎呀，好漂亮的小楼！

这些可爱的小楼和马路北面的一些建筑，遥相呼应，像如今的125中学，像如今的红房子招待所，它们仿佛都是同时期的建筑。

一点儿不错。早先所有这些建筑都属于慕贞女校和妇婴医院。南北两片原本是连在一起的。北边的是学校和医院本身，南边的是学校、医院负责人的住宅。20世纪六七十年代修建地铁环线时，房群中间豁成了大马路，将它们隔开，仿佛成了两片不相干的居民区。

慕贞女校，现在叫125中。院子里面有一块长方形的纪念碑，汉白玉的，碑上方悬着一口铜钟。纪念碑中间刻着"慕贞"两个大字，右边刻着"六十周年纪念"的小字，左边是"一九三二年立"的小字。好家伙，1932年时已有六十岁，算下来到今年慕贞学校已有一百三十四年的历史！创建时当属于清朝同治年间。

和慕贞女校齐名的是汇文男中，它也是同时期成立的名校。在1918年五四运动学生游行的照片中，有一张经典照片经常被刊登，那上面赫然显露出"汇文中学"的横幅大旗。汇文中学校址就在此处。50年代建铁路北京站时，汇文中学被拆除，它的操场所在地正是当今北京站大厅的位置。汇文中学的残余部分如今只留下一座小学，现在叫作"丁香小学"，其校舍中还有一些清末的老房子。这些房子是洋式的，有地板。由这些建筑中多少能找回一些老汇文的感觉。

按着基督教在海外传教的规矩，"三体一位"是个重

崇内近代小洋楼之一

要原则。即一个教堂、一所学校和一座医院要配套建在一起。在崇文门内正对着孝顺胡同西口的地方，美国的基督教美以美教派于清朝同治年间建立了亚斯立教堂，在教堂的西面兴建了妇婴医院，在教堂的南面建立了慕贞女校，在教堂的东南面建立了汇文男校，彼此连成一片，占据了靠着北京南城墙的一大片地，是个典型的三体一位的设置。

亚斯立教堂名气不小，至今依然正常活动。老布什、小布什曾经在这里做过礼拜。克林顿也来过。

妇婴医院后来成了同仁医院的一部分，它的房子现在是北京耳鼻喉研究所所在地。

慕贞女校变成了北京市第125中学。

以上三者都没有动窝，只是汇文学校搬了家。1949年以后，南片那批可爱的住宅小楼虽然还住人，但换了主人，由于它的质量好，当过幼儿园园址，当过北京市一些领导人的住宅。

这片崇内建筑在地理位置上正对着东交民巷东口。基于这种关系，可以想象，这里曾经是外国驻华使馆人员和外侨经常光顾的地方，这种情况一直延续到20世纪中叶，足有八十年左右。在它们的四周逐渐建立了中国人开设的面包房，开办了欧式旅馆，还开办了最早的中文地方报纸和邮政局。

总之，这里成了北京的19世纪末20世纪初的中外交流重地，也是北京开始渐渐由古代蜕变为现代的重镇。

因此，这里发生过许多事情，出现过许多人才，住过许多名人，留下了许多记忆。

譬如说，像天津南开中学一样，在汇文小学的基础上后来创办了汇文中学，在中学基础上又创办了汇文大学。汇文大学后来和协和大学合并为燕京大学，其男校就设在崇内盔甲厂一带。1922年至1924年，年轻的老舍先生曾在这里补习过英文，介绍人是英国人罗伯特·易文思。此人1924年秋当老舍先生抵达伦敦后，曾到火车站去接他，并为他安排了第一个住地，和先期抵英的许地山先生一起住在伦敦北郊巴尼特区。

又譬如说,那批建筑,包括教堂、学校和住宅,风格上都是中西合璧的,非常有特点。它们的设计者差不多都是美国人,但在设计细节上却大量运用了中国建筑的民族符号。

举例而言,整体上是砖质洋房,在细节上,在房顶女儿墙下构筑有安放中式匾额的地方,屋檐下有大量平行的条形装饰线,这些装饰线也是灰砖质地的,分别是一串"卐"字方块,或一串方形块,或一串小圆珠,或一串倒置的莲花瓣,后者明显是由中国佛像的须弥座上学来的。

当今的设计家们,假如要设计中式的但外形多少活泼一点儿的二层四合小楼,假如要在洋式建筑上添加一些中国的民族建筑符号细节,便请到崇内建筑群来看看吧,其中甚至有一些理念和细节是可以直接照搬的。

照此说来,不论是从历史的角度,还是从眼前实用的角度,保留这批近代建筑群都是非常必要的,千万不要轻易地拆除它们。

一个有悠久历史的正常的城市,各个时期的建筑都应该有,各种年龄段的建筑都应该有,不可能是一水儿新的。如果全是一水儿新的,它就不成为古城了。

因为,这么一来,新是新了,却丧失了历史的脉络。

说着说着就来了很揪心的事:那些可爱的崇内中西合璧近代小楼,由于要修东西两个北京火车站之间的地下铁道线,正面临着被拆毁的命运。

这又是一个典型的建设和保护相矛盾相冲突的案例。

恰在这时,国家公布了文物保护的新条例,非常具体,有可操作性,其中规定,凡是要兴建大型项目时,一定要事前由有关文物部门对该地做一些必要的勘测,以防把一些有文物价值的东西轻易拆毁。这个规定来得真是及时,而且很有针对性。

其实,那些小楼就是很有价值的文物,而且级别颇高,因为它们在很长一段时间内曾是北京最好的住宅。在国外,甚至有了研究它们的专著。

前年,我曾在澳门参观过一个地方,那里有四五栋葡式小楼,建筑外形不尽相同,但论文物性质、规模和年头都与北京崇内的小楼大体相近似。前者去年已被批准进入世界文化遗产名录,只因它们在澳门的中西文化交流史上有着非凡的价值。

崇内近代中西合璧小楼群又何尝不是如此。

想办法把它们保留下来吧。

让城市的记忆留下来,让城市的记忆流下来。

保留下来,稍加修整,说不定,小楼们会成为最有价值的来宾住房。在胡同深处,背靠明代城墙,守着东交民巷和亚斯立教堂,和美丽的东南角楼毗邻,一批北京最早也是最好的欧式小楼,浑身上下处处穿戴着精心设计的中国民族建筑符号,开门等待着迎接来自世界各地的客人,这是多么漂亮的一招啊。

拯救和保卫北京胡同、四合院

前几年,没有这么一个口号,也不大可能有,因为,当时差不多所有的人都把注意力放在改造危旧房屋上,为北京广大市民提供比较现代化的居住条件。一时间,危旧房改造、安居工程和房屋开发工程并驾齐驱,以每年竣工八百万平方米居民住宅的速度大兴土木,北京市的城市面貌在近十年之内发生了翻天覆地的变化,政府有很大的成绩,群众也比较满意。那时,我们市政协注意到一个问题,就是如何处理好建设和保护文物之间的关系,曾在这里大声疾呼过。总的来说,在保护文物方面,北京也没发生过重大失误,区县级、市级和国家级的重点文物保护单位大体上都平安无事。

但是,现在,问题慢慢地暴露了出来,随着危旧房改造迅速向市中心推进,随着商业大厦和行政大厦的拔地而起,北京城区内的胡同和四合院开始被大规模地、成片地消灭。北京人,以及全国来北京出差的人,甚至国外的旅游者都不约而同地瞪大了眼睛：北京还叫北京吗？包括那些数以百万计已迁进城外楼房中的北京居民也慢慢地醒过味儿来，他们所熟悉的亲切的东西在迅速消失。往东单、西单一站，往东、西长安街上一站，向四周望去，哪里还找得出北京特色呢？

于是，一个很尖锐的问题就提出来了，如此下去，世界文明古都，人类最伟大的杰作之一——北京，将面临覆灭的命运。

我以为，这是一个不可以轻视的问题。随着胡同和四合院更大规模地被铲平，这个问题会逐渐变成一个人们非常关注的问题，甚至会发展成为一个热点问题。

这个问题，在上海不存在，在北京却是一个结结实实的大问题，是每一个北京市领导人都必须面对的严峻问题，迫使你去回答，去解决，去承受它带来的越来越大的压力。

世界文明古都北京是由两大部分组成的，第一部分是紫禁城和一批昔日的皇家园林。第二部分，占的面积更大，是北京的居民区，它的成片的胡同、四合院和由胡同组成的围棋棋盘式的结构。如果仅有第一部分，而没有第二部分，便不是北京。试想，绝大部分的胡同和四合院都消灭了，取而代之的是交通部、全国妇联、市政协大楼、长安俱乐部式的大楼，你还能找到三千多年建城史和一千多年建都史的文化吗？还有什么故事可说吗？充其量是香港、东京、纽约的高楼翻版。而北京的民族传统、自我个性、地方特点、人文价值、光辉历史，对不起，都统统化为乌有了。

过去，有一个阶段，"恢复北京的古都风貌"嚷嚷得很厉害，但并没有抓住主体，以为加几个"小帽头""小亭子"就是古都风貌。其实，真正体现北京古都风貌的主体是胡同和四合院。

差不多在十年前，在做北京总体发展规划的时候，虽然当时人们对这个问题的严重性还认识不足，一些有识之士，主要是规划部门和文物部门的专家，预想了一个折中的解决办法，就是保留一点质量比较好的胡同和四合院作为样品，给后人和世人看，不准拆改，不准建楼，叫作设立历史文化保护区。它们是南锣鼓巷胡同区、东四三条至东四八条胡同区，西四一条至八条胡同区，西海、后海、前海三海历史文化区等四片胡同区，以及琉璃厂、国子监、大栅栏、牛街等四条特色胡同。号称一共保留二十五条小片胡同区。从数量上看，是北京两千六百条胡同的百分之一左右，面积约占二环城内总面积的百分之五。只能说是一点点缀，一点记忆，一点象征吧。但由于没有法律细则，后来实践证明，人们并不认真去遵守这个限制，以致有的保护胡同里高楼林立，已经面目全非。连这百分之一数量和百分之五面积的最低限量都难以保留下来。

现在，当胡同和四合院大规模在人们眼前轰然倒下，人们终于亲眼看见了问题的现实性、严酷性和可怕性。一方面，我们即将实现居住条件的现代化，另一方面，我们又即将亲手消灭一座历史文化古都；一方面，造福于当代人，另一方面，又造孽于子孙后代；一方面，政绩卓著，顺从了这一部分民意，另一方面，罪恶深重，背离了那一部分民意。真是矛盾，大矛盾！

为这个大矛盾火上浇油的是我们的房地产开发政策。为了追求商业利润，土地及房屋开发便千方百计追求建筑的容积率，拼命加高楼房总高度，专门以消灭平矮的胡同、四合院为己任，几乎成为和胡同、四合院势不两立的对头。

北京原来是平的，是一个"饼铛"，现在成了一个大"铁锅"，而且里面长满了刺，像个倒过来的刺猬，完全失去了自己的特征。

那么，到底该怎么办？

思索良久，冒昧提出以下主张，供大家参考讨论。

1. 重新审定胡同、四合院保护区的数量和面积，加大存留量，面积增加到内城的20%，由西单向北，至新街口，由新街口向东，过三海，到交道口，由交道口向南；至东单，形成一个"∩"形胡同带，其宽度大致有东单到南小街、西单到民族饭店那么宽。使胡同、四合院由点面扩大为连成片的带，形成气候。这就要请做市中心控制性详细规划的专家们就这个问题重新拿出个方案来，报市政府审批，纳入法律程序，公布实施。

2. 将这个"∩"形保留带内的居民们基本上全都迁居到城区之外的新建居民楼里去。对这一点不必迟疑。解放初城内人口是一百万，现在是六百万，还不算流动人口。所以，现在四合院几乎都成了大杂院，毫无风采可言，必须减负荷，恢复独门独院，一家一户。与其在城外建高级别墅，不如把高级别墅留在城内，在城内恢复标准四合院。

3. 实行房产私有制，四合院可以转卖，可以售给私人和外资。"十五大"之后，中小型企业都可以兼并，可以私人承包经营或实行合资、独资，四合院同样也可以，不必都由房管部门实行"大一统"，私房则更可以自由交易。售价是所在四合院内居民迁入的新楼商品房的总和。譬如，这个四合院住着六户，六户搬入新楼六个单元，这六个单元的商品价之和就是这座四合院的售价。这样，房管部门可以拿这些钱去给居民盖楼房或买楼房。买四合院的主儿要按照统一的规定装修。房屋外表严格按平房坡顶灰墙灰瓦的规格自己出资重建，维持胡同四合院特有面貌，内部怎么现代化都成，可以很现代派和超现代派。形成成片高级住宅区，类似首长四合院和明、清两代富人区。这种办法也是吸收消化游动于社会上的浮财和自由资金的好办法。要鼓励外资走入改造、保护、利用胡同、四合院这个领域，外国人和海外侨胞、海外华人对这一块兴趣最大，极有潜力。所有制上的放开也许能把缺胳膊断腿、残破不堪、姥姥不疼舅舅不爱的四合院一下子变成最漂亮、最舒适、最昂贵、最抢手的宝贝。

4. 在四合院、平房保留带和二环以外的高楼区之间应成片地建两层或三层的四合楼。四合楼的成败在于当中的绿地是否有一定的规模，一定要大，要有一定规模。不要搞成一个小天井，憋屈得慌，更不要铺砖地，要是个大花园，种树、种草、种花。或者前一条胡同是一字楼，下一条胡同整个是一个绿化花园带，一个隔一个。这方面，亟待设计家们去发明。要比菊儿胡同更大胆，更高明，更气派，更像放大的胡同、四合院。这一部分，加上不变样的胡同保护区，再加上商业大厦、行政大厦、文化设施、公园，有这么三大类，北京就会很像样子了，成为没有丢掉传统的名副其实的文化中心，而且既古老又现代。

5. 逐年修复、拍卖、开放一批最有特色的大四合院，大搞四合院国际旅游，大办大型四合院高级宾馆，而且在墙上都挂上文物标志，不光要说它建筑上多奇特，还要大讲人文故事，住过什么文化名人，等等。可以兴办四合院股份公司，把四合院当作一个行业来干，靠四合院、胡同"吃"四合院、胡同，搞活它。

6. 严格法制管理。规定在胡同保护区不得建楼房，就要严格执行，不准有法不依。目前的缺点一是法本身不健全，没有细则；二是规划局没有什么执法的权力，有人不遵守，破坏了，他也没辙。这就会"溃疡"下去，直至不可收拾。

这里,我要特别安慰一下各个区长、区委书记们,拯救、保卫胡同和四合院绝不是给你们添乱和背包袱,一定要看到胡同和四合院的巨大的、潜在的经济效益,胡同和四合院是会生钱的。因为它的地段好,文化含量高,哪个区保留得多,保护得好,利用得充分,哪个区的房产、旅游和第三产业就会兴隆,就会招来全世界的投资者、观光客,因为你是全世界的唯一,不远万里就为到此一游,看看这独一无二的伟大的人类文明遗迹。

7. 建议政府抓试点,建立重建胡同、四合院的样板。而且,作为重点工程也进入五十年建国献礼序列,实干起来,抓龙头,逐步总结,累积经验,然后推广,必有成效。

说一句并非骇人听闻的话,或者说一句并非杞人忧天的话:弄不好,我们可能在犯第二个拆北京城墙的错误,那就是拆北京的胡同和四合院的错误。

总之,胡同、四合院全拆掉不成,维持现在这个破样儿也不成,老百姓不改善居住条件更不成,不维护北京的历史文化特征和个性更更不成。唯一的办法,就是及早集思广益,成立专门的规划、文保联合专家班子,创造各种样板,借鉴伦敦、巴黎、京都、罗马、圣彼得堡的好经验,走一条自己的路,让老百姓、知识分子、领导、全人类、历史、子孙后代,方方面面都满意。这步棋走好了,会在"文化中心"这个命题上抱个大金娃娃,是个重大突破口呢。天赐我良机啊!去勇敢地突破吧!进一步,则全胜;退一步,则全败。何去何从,请三思。

(原载《长江建设》,1999年第1期)

小院的悲哀

一个陌生人的电话把我叫到一个陌生的地方，给我带来一个故事。故事并不是陌生的。

此类的事，眼下，实在是太多了，太多了。

于是，我决定把它写下来。或许，具有某种典型意义。

我来到的地方叫东城区美术馆后街22号旁门，在中医医院斜对面。一位温文尔雅的老太太，和一位与她同样温文尔雅的老先生，把我迎进他们的小院。打电话给我的，就是这位先生。在电话中他说他姓赵，名景心，说他有一座小四合院，如果有工夫的话，请过来看看。说得极客气，没有说原因，也没有说具体内容，只是说看了我的关于拯救和保卫北京胡同、四合院的文章之后，有此念头，要我去他的小院实地看看。

我想，他一定有一座不同凡响的四合院。这样，我便来了。

不出我所料，他的四合院确有特点。

赵先生先让我看房檐下那对可爱的"象眼"。

"象眼"者，在山墙内侧上，是梁、柱和檩三线相交形成的三角形，一边一块，藏在房檐下，恰似一双大象的眼睛。在绝大多数北京正房的象眼处一般只是两块裸露砖面构成的三角形，或者涂白，仅此而已，没有特色。此处却有两块精致的硕大砖雕，皆阴文，如在砖上作画。西边的一块，尤为漂亮。雕着一丛菊花，盛开着三四朵，一只小猫在其右，躬身仰首，看着斜上方的一只展翅的蝴蝶。线条简练生动，十分传神，齐白石的猫蝶图在构图上和它非常相似。东边的一块刻着牡丹花。

如此精彩的象眼，非常罕见，而且由于有避风雨的好位置，保存完好如新，未有丝毫的侵蚀。

赵老者说，建筑专家认定这对象眼是明末清初的东西，清以后象眼砖雕在北京已不流行。还说这对象眼已上了"谱"，有书为证。老者给我看了一本书，上面印着西边墙上那幅猫蝶图的照片。

老者引我进屋，看他的落地雕花隔扇，亦精彩，难能可贵的是竟无一处损坏，全须全尾儿。每一块窗格上的小饰件也都是齐全的。

这是一座有两进院子的比较小巧的四合院。前院在"文革"时被侵占，至今未归还。只得在垂花门处砌一道死墙，一隔为二，里院单辟街门，自成体系，故有"22号旁门"之门牌，仍由赵氏夫妇居住。里院内没有临建的小棚子，不是大杂院，依然种树养花植草，几株玫瑰竟长成了树，比人都高，景色宜人。房子维护得相当好，正房有前廊后厦，红红的油漆，灰灰的砖瓦，规规矩矩，不失为一座标准的北京四合小院，原汁原味，比较难得了。

屋内的布置，非常典雅，中西搭配，古今相映，舒适安逸，四壁是字画，以条幅为多，字迹娴熟老到，皆出自一人之手。

有旧式装束老人照片高悬于壁，当是赵老者的先人，条幅就是他写的，我冒昧打听，答曰：乃赵紫宸先生。

不得了，我知道，我来到了现代名人之家。

这个院子出了两位大名人：我国现代著名宗教领袖赵紫宸先生和我国现代外国文学家赵萝蕤教授，是赵景心先生的父与姐。顺便提一句，萝蕤教授的丈夫是我国新月派大将、诗人陈梦家先生。三位名人均已作古，但他们的遗物皆完好地保存在这个院子里，维系着它的典雅，它的文静，它的渊博，宛如一座天生的现代知识小博物馆。

赵紫宸先生名气很大，他是世界基督教联合会六大主席之一，负责主管中国和东亚片，长期担任燕京神学院院长，桃李满天下。珍珠港事件爆发后遭日军迫害，是著名"燕京大学教授被捕"事件的主角之一。他在苦牢中作诗一百七十余首，经他出狱后默背出来发表，轰动一时，流传四方，被誉为伟大的爱国者。他是第一届全国政协委员。小院是他1950年买的，一直住到91岁高龄逝世。德国有专门研究他而获博士学位者，此事成为我国知识界的骄傲。

赵萝蕤教授名气也很大，年轻时便是有名的才女，一生从事翻译和比较文学研究，是我国的惠特曼专家、艾略特专家，惠特曼的《草叶集》译本和艾略特的名篇《荒原》翻译皆出自她的手，她1998年1月1日病逝，活到八十六岁，生前是北大一级教授，北大燕京书院英文系名誉主任。她早年留学美国，课余专事收集英美文学大家的原版著作，以英国小说家亨利·詹姆斯的作品为例，据美国维尔特教授说，她的藏书是排在世界第三位的。

奇怪的是，近日，无知的房地产商人，不经过任何论证，竟然在修平安大道时"搭车"，在远距平安大道一百多米的赵氏故居墙上画了一个大白圈，写上一个大字：拆！说是要在此地铲除四合院之后兴建一座商业大楼，限期要赵老人搬家。这便是那个陌生电话的来源。

这本是一座集建筑价值、文化价值于一体的小四合院。它——

无疑是一个人类文明的载体；

无疑是一个古老北京文化的象征；

无疑是一个现代文化人的难得的纪念地；

无疑是一个有趣的人文博物馆的天然坯子。

赵景心老人四处求请，奔走呼吁。他已八十一岁，是大学教授，早年留美，遵父旨意毅然归国，成为两航起义的功臣。对他保留四合院的请求，有的回答得委婉；有的回答得坚定，却始终没有松嘴。小院依然没有摆脱被拆的命运。在此期间他的左右邻院，已被迅速拆掉，连不远处山老胡同里一座三进的昔日王府也轰然倒下，被夷为平地。

想到那悬在小院上空的无形的魔剑，想到写在墙上的令人不寒而栗的"拆"字大白圈，想到老夫妇焦急而无奈的眼神，想到那命运未必一定光明的商业大厦，我只感到可悲，可悲，末末了，还是可悲，除了可悲两字，我已无法表达我的复杂心情。

小院的价值，或许，还在小院之外。

因为，可以把它当成一个典型：一个判断是非的典型，一个解决"拆与保"争论的典型，一个代表千万座北京四合院的命运的典型，一个如何正确对待自己历史的典型，一个设法保持自我个性的典型。

总之，如果我们能保留住这座小四合院，说不定便能顺理成章地保护住整个北京城内的大部分较好的胡同和较好的四合院。

反之，如果连它都保不住，出现一个可怕的"多米诺骨牌"现象，恐怕并不是耸人听闻的预言。

四百多年前，当第一位对中西文化交流做出杰出贡献的外国传教士意大利人利玛窦进京的时候，出现在他面前的是一个西方人完全没有料到的完全异样的国度,其整体国力、其综合水平、其文明程度,均高于当时的西方,使他惊讶的是,他所见到的一切竟是完全独立于西方,是完全不掺和的"别一种",而且是那么辉煌,那么精彩。我们眼前的这座小四合院,恰恰是那个时代的遗物。今天,它却在哭泣,它在战栗,它很委曲,它在求助,想到这儿,我禁不住想大叫一声:

这便是货真价实的国粹!

这里面凝聚着产生伟大爱国主义的精髓!

可爱而可怜的小院,我为你担忧,深深地深深地……

(原载《北京政协》,1998年第5期)

"辟雍"之美甲天下

说到北京最该去的地方，排在前几名中的，应该有国子监。

因为，那里有北京最有特点的建筑——辟雍。

因为，那里有北京最古老最漂亮的胡同——成贤街。

因为，那里有最古老的高等学府——国子监。

因为，那里有最完整的经典石刻——十三经石刻。

国子监位于北京东城的东北角，靠近雍和宫。去雍和宫，顺便就可以把成贤街逛了。到了那儿，一气儿还可以看两处名胜，右学左庙：右者国子监，左者孔庙。它们紧挨着，仅一墙之隔，西为国子监，东为孔庙。何况这条街本身又很值得看一看。

成贤街，又称国子监街，皆因国子监而得名。成贤街最大特点是一条小街居然拥有四座牌楼。东西两个街口各有一座，很醒目，极好找。街当中，在国子监和孔庙的大门东西又各有一座，牌楼跟前还立着两块石碑，上面用满汉两种文字刻着："文武官员到此下马。"一看就知道，到了一处很神圣庄重的地方。

牌楼，应该是北京的标志物之一，很漂亮，有代表性。原来，北京街上有很多牌楼。譬如"东四""西四""东单""西单"，就是因为在十字路口分别有四座牌楼或一座牌楼。东城的两处分别叫"东四牌楼""东单牌楼"，西城的叫"西四牌楼""西单牌楼"。新中国成立后，以牌楼妨碍交通为由被拆除，地名也简化成了"东四""东单""西四""西单"。外地人往往很困惑，譬如有个胡同叫"东四六条"，以为是东边的第四十六条，跟纽约似的，其实不是，它应该是"东四牌楼以北的第六条胡同"，和"四十六"无关。

原来，北海大桥上也有两座牌楼，十分有名，分别叫"金鳌""玉蛛"，20世纪50年代被拆掉，原物移到了陶然亭公园，但已经没有了当年在桥上行人和车辆穿堂而过的那种风采。

北京目前现存的牌楼，如果不算公园中的，以街面上的为例，最精彩的还是要算成贤街上的四座，而且就近往北走，地坛西口处有"广厚街"牌楼，往东走，雍和宫门口牌楼院里的三座牌楼，也都值得一看，算是典型的北京牌楼遗存了。

成贤街是最早被刻意保留下来的北京古代街道，两边是小四合院，外墙呈灰色，到了国子监和孔庙跟前，外墙呈红色，整条胡同东西走向，道路不宽，绿树成荫，间或还有小寺庙山门的遗迹。在这条路上遛一遛,还能捕捉到一点老北京小胡同的韵味,既有皇家气派,又有老百姓风格,而且宁静安逸,远离现代都市的喧闹。

这条胡同经常会成为拍电影的"老北京"背景,不过,要抬许多黄土把柏油路面临时遮挡上。譬如,凌子风先生拍《骆驼祥子》时就这么干过,还要起大早,趁着行人比较少。

国子监是元、明、清三代的最高学府,其地位大致相当于今日的北大、清华,甚至还有过之。因为,过去的皇帝们,每一位继位后都必须亲自到国子监来讲学。

国子监里最重要的一组建筑叫作辟雍。它是国子监里的核心,是一组最有个性的建筑。

如果说天坛的祈年殿是中国古典建筑单体设计的代表作,成为北京的象征和标志物,那么,同样地,国子监的辟雍则是中国古典建筑整体布局设计的瑰宝,在完整性上是最美的,两者堪称一对双雄。前者是建筑立体层面上的状元,后者是环境布局层面上的状元。

辟雍建筑的中心本身是一座方形木结构建筑,并有方形周廊环绕,建在方形石质基础上,设六级台阶,周廊外面有一圈圆形水池围绕,酷似圆壁,水池四周有汉白玉护栏,有四座石拱桥在东西南北方向和辟雍中部相通,组成一组别具一格的图案,显得气势宏伟,庄重磅礴。

这叫作"辟雍泮水"。"辟雍"源于周天子所设计的大学。辟即璧，璧玉、白玉；雍即水中小岛。简而言之，建成四面环水状，像璧的样子。

可以想象一下，皇帝本人坐在辟雍殿里讲学，王公大臣和进京的进士、举人及监生从四面八方围簇在水畔敬听，那将是何等的神圣、庄严、生动和有趣啊。有殿、有廊、有台、有阶、有水、有桥、有栏、有柱、有天、有地、有树、有草、有鸟、有红、有白，有前有后、有右有左、有方有圆、有曲有直，要什么有什么，可谓天下最奇特的讲堂，绝对的独一无二，绝对的精心打造，绝对的独具匠心，绝对的高级。

辟雍

所以，必须亲自前来实地感受一下它的奇妙，虔诚地在桥上站一站，向下看看水，向上看看辟雍的殿，再走上台阶，步入辟雍殿内，站在殿中，向外，向四方，细看，静静地体会一下古代设计家的匠心和古代学子的感受，定会百感交集，悟从心升。

如果，有一天能从上面俯视一下，一定会发现，它是多么美妙的一朵花，骄傲地挂在北京城的胸上，异常绚丽夺目。

当然，世界上绝没有第二处这样的讲堂，真可谓绝无仅有。

只能到北京来看。

只能到国子监来看。

确系一绝。

辟雍是乾隆皇帝时期的建筑，建造者是刘墉和和珅两位重臣。

辟雍殿本身中间无柱无梁，四角有斜梁，结构也奇特。参观者仰首可以看得很清楚，亦令人赞叹不已。

谁能想到中国古代最高学府竟是这个样子。

也许，对国子监，因为有辟雍，用藏龙卧虎来形容最为恰当。

说国子监，不说十三经石刻是个疏漏。其实，在实地，对参观者来说，把十三经石刻忽略掉确实是经常发生的事。只因十三经石刻搬了家，由辟雍东西厢房，称作

"六堂"的地方，搬到了孔庙和国子监之间的夹道里，而且入口要由孔庙的西北角方向进去，很难找到。搬家之举是20世纪50年代发生的事，当时国子监是首都图书馆所在地，"六堂"要当阅览室用。现在首都图书馆已有新址，十三经石刻物归原位似应提到日程上，以便恢复国子监原本的样子。不过这是后话。

十三经是我国古代思想家、哲学家最有代表性的经典著作的总称，包括《周易》《尚书》《诗经》《周礼》《仪礼》《春秋左传》《春秋公羊传》《春秋谷梁传》《论语》《孝经》《孟子》等十三部。中国人历来有把文章刻在石头上的传统。石刻经书始自汉朝，虽历代均有刻经，但不完整。国子监的十三经石刻是唯一最完整的。

国子监十三经石刻的绝妙是它全部出自一个人的手笔。此人叫蒋衡，江苏人，是个老知识分子，是雍正乾隆年间人。他花了十二年工夫，写了六十三万字，字迹工整，匀称划一，一丝不苟。后来，这部字书被后人献给了乾隆皇帝，遂被当成一件国家事业，经精心校对，篆刻在一百八十九块大石头上，立在国子监的教室里，当作学子们每天必读的经典课本。

一本伟大的石头书就此诞生。

这是国子监里藏龙卧虎的另一辉煌例子。

"藏龙卧虎"，对国子监来说，一点儿不夸张，真是这么回事，难得，难得。

泄露天机的雍和宫

北京最值得去的几个地方之一是雍和宫。

雍和宫是喇嘛庙，藏传佛教的圣地之一，但它从形式到内容都不是一般意义上的寺庙，它极有个性，非常特殊，到北京是绝对不可不去的。

参观雍和宫，首先要看它的历史，看它的政治影响。当然，欣赏雍和宫"三绝"（万佛阁弥勒大佛、法轮殿五百罗汉、照佛楼楠木佛龛）固然重要，但绝不可忽视过去雍和宫的政治地位，尤其是在国家统一和民族和谐中的关键作用。

雍和宫的特殊之处和它的历史背景有极大的关系，它的前身是王府，是雍正当皇子时的府邸，一开始叫贝勒府，后来升为王府。雍正继位当了皇帝后，是皇帝行宫，正式赐名"雍和宫"。雍正驾崩后曾在此安放其梓棺，以后十年供奉过雍正的影像，在乾隆九年（1744年）正式改为喇嘛庙，成为皇家第一寺院。这个改变有重大的政治意义，雍和宫从此成为乾隆皇帝坐镇北京管理蒙古、西藏广大地区政务的总指挥部。

从这个角度去看雍和宫是非常丰富多彩的，那里有大量历史碑刻、匾额，差不多都是皇帝的御笔，有大量精致的佛像、唐卡、经卷、佛教文物，有六世班禅大师和七世、十三世达赖喇嘛来京时的珍贵遗物，还有密宗造像、教学和学术中心，以及佛教节庆的展示。雍和宫是一座最权威最高级的藏传佛教博物馆，而且是鲜活的，至今雍和宫里仍有不少来自内蒙古的喇嘛，香火常年兴旺，国内外参观者络绎不绝。

雍和宫里最值得注意的是一块碑。不过，观众往往忽视它，从它的位置和制式上看，似乎觉得它是件重要的东西，但不细看，不知其厉害。

进了第一座大门雍和宫门之后，在第一座大殿雍和宫之前，有一座大碑亭，立在甬道中间，亭中有一块大型四面碑。这块碑叫《喇嘛说》。上面用四种文字刻着乾隆皇帝写的一篇论文，专门论述喇嘛教的来源、作用和教制教规。

这是一块泄露天机的石碑，有着极其珍贵的历史文物价值。

石碑体量巨大，高六点二米，正方柱形，每面宽一点四五米，北面是汉文，南面是满文，其他两面是蒙文、藏文。碑立于乾隆五十七年（1792年）。碑文的汉字是乾隆御笔，很漂亮。字分两种，正文和注释。正文的字大，宋体，有乒乓球大小；注释字小，双行，有拇指甲盖大小，楷书。正文共六百九十三字，注释有一千四百八十九字。

当初对清朝政权构成最大威胁的是蒙古。因为蒙古位于北方，在中原的背后。蒙古民族非常彪悍，善骑术，机动性大，有远途征战的传统，而且明灭元之际，蒙古人跑回了老家，保存了有生力量，以后一直不安生，伺机觊觎中原，经常骚扰边疆，甚至内地。康熙皇帝继位后，成功地制定和执行了民族统一战线政策，团结蒙古。他打出了两张王牌，一张是用喇嘛教安抚蒙古人，团结广大蒙古人民，另一张是将自己诸多公主嫁给蒙古王爷，团结蒙古的上层人士。此两招一出，蒙古问题一劳永逸地解决了，后患全无。对喇嘛教和蒙古的关系康熙皇帝的孙子乾隆皇帝在《喇嘛说》中给予精辟说明和高度评价。

雍和宫《喇嘛说》碑文有一句话特别值得注意："兴黄教，所以安众蒙古，所系非小，故不可不保护之。"

蒙古人远在元朝就有信奉喇嘛教的传统，但当时元朝统治者的政策不对，有曲庇谄敬番僧之弊，西僧甚至在政治上能和执政者平起平坐，闹出许多事端，为害四方。康熙皇帝决定反其道而行之，让蒙古民众普遍信奉佛教，去当喇嘛，取怀柔之道，对宗教上层人士则采取团结争取的政策。

这样一来，按规定有一个男孩的要去当喇嘛，有两个男孩的，其中之一去当喇嘛；当喇嘛就不能结婚，不能生育，结果客观上蒙古各部人口锐减，其最有活力的人却变成了丧失战斗力的教徒。

这就是"兴黄教，所以安众蒙古，所系非小"的要害。

乾隆皇帝在《喇嘛说》中明确表示不相信活佛转世的说法，但表示尊重活佛转世这种风俗，故而加以改进，不让它成为一家之私，一族之私；择有福相聪慧者数人，将生年月日归瓶签掣，由驻藏大臣主持秉公办理。这就是"金瓶掣签"制度的由来。通过这次重大的宗教改革，把决定西藏宗教和政治最高领袖——达赖和班禅——的任免大权，集中到了中央政权。

乾隆的《喇嘛说》还将康熙皇帝主张的奖罚分明政策加以公示："不尊王法即是违背佛法"，"悖道法之人则惩之"，对"妨害国政"者"按律治罪"，即对违背国家利益的宗教人士要采取极为严厉的惩罚镇压政策。

这么看来，这块石碑的内容实在是太重要了：喇嘛教安定了蒙古各部，西藏自古以来便是中国不可分割的领土是不争的事实，中央对西藏行使主权从此有了行之有效的制度和措施。

一块石头，很美，很大，很沉，它是智慧的化身，是凝聚力的象征，是魄力的体现，是团结的旗帜，光芒四射，永垂青史。

雍和宫很好看，而且在"好看"里有着非常深刻的东西。

一座很多皇帝登临过的小山

北京市里有一个最小的区，叫石景山区，它因一座山而得名。它就是石景山。那么，石景山到底在哪儿呢？石景山什么样，有多高，有什么名堂，有多么重要？

很多人并不知道。

原因是石景山这座小山后来被圈在了首都钢铁公司里面，一圈就是五十多年，完全与世隔绝，渐渐丧失了往日的辉煌，仿佛被世人彻底遗忘了似的。

其实，在历史上，石景山不仅很有名气，而且很重要，至今，上面还留存着不少历史遗迹。它们是石景山过去辉煌的见证。

这些文物很有看头儿，随着首钢的外迁，它们的神秘面纱会逐渐被揭开，加上不断地考古挖掘，内容日益丰富，故事会越来越多，石景山一定会重新成为一个公众瞩目的旅游热点。

近啊，它是距离北京市中心最近的一座自然山，才二十公里，这是个优势。

说石景山重要，是因为永定河。

永定河发源于山西恒山，上游在河北界内，叫桑干河。桑干河因女作家丁玲的《桑干河上》（又名《太阳照在桑干河上》）而闻名天下。桑干河穿过太行山和洋宣河汇合后流入北京，改叫永定河，古称浑河，经过门头沟区、房山区、丰台区、大兴区，到天津，汇入海河，最终在渤海湾入海。

永定河，在某种意义上，是生命之河。请看，周口店猿人遗址、房山商周遗址、大葆台西汉墓遗址、潭柘寺、戒台寺、辽都遗址、金都遗址、卢沟桥等，这些和人类起源、五千年中华文明史、三千零五十年北京建城史、八百年北京建都史有关的标志性历史遗迹均位于永定河流域之内，有的就在河边和河床之上。人类的发迹和发达是离不开水源的，从这个意义上说，永定河确实是生命之源，是生命之河。

应该说，永定河既是人类的母亲河，也是北京的母亲河。

然而，永定河脾气很大，它原本无定，经常发大水，泛滥成灾，甚至多次改道。北京人渐渐离它而去，向东北方向迁移，最后在元朝的时候，北京城搬到了现在这个位置。

但是，即便搬了城，搬了家，还是要当心，要时刻防范它。第一个防范点，就设在石景山。

道理很简单，永定河河水在到达石景山之前，一直在山涧中流淌，两岸是高山峻岭，无处外溢。只是流到了石景山，面前是平原，哇，不得了，永定河成了脱缰的野马，任意奔流，搞不好，就水淹七军，威胁北京城。

石景山是一座奇特的小孤山，是石质的，外形像个高桩馒头，孤零零，直上直下，悬崖峭壁，立在永定河面前，大概最高处距水面有三百米。石景山像是一夫当关，河水至此和它迎头相撞，被逼分流为二，由其左右绕道而过，东边这股很危险，可以直逼京城。瞧，它的地势比天安门城楼还高呢。于是，石景山成了北京的第一个水利设施要塞，早在元代就在山的东边设闸，在山的西边设堤、筑坝，严加防范。

几乎所有的皇帝，由元朝开始，到明朝，到清朝，都到过石景山，主要来治水。他们登上山顶，居高临下，朝下看，有面临百丈深渊之感，脚底下就是滔滔的永定河，近在咫尺，而且，这里视野很宽广，可以看清永定河的流向，是个绝佳观测点。他们为治水下过许多御旨，开过许多会，拨过许多款，动用过许多民工，指示要怎样防洪、泄洪，在什么地方筑坝修堤，如何加强戒备，连明朝后来最不爱上朝理政的万历皇帝也来过石景山。我在石景山朋友的指引下在一处山崖上看见一小方石刻题词，就是万历皇帝写的"灵根古柏"四字，大概是欣赏这里的古柏。古

万历皇帝题"灵根古柏"

柏的根由岩石上硬钻出来，那儿几乎什么土壤也没有，真是令人惊叹。

石景山附近原有不少皇帝们的御制碑文石刻和碑亭，碑文录有皇帝的诗作、敬河神的祭文、治河御批等，都是很详细的治水第一手史料。

石景山悬崖上迎面刻有三个大字"石经山"，已经风蚀得有些模糊不清了。山顶上有一通明朝石碑，说石景山古代又称石经山、湿经山、石径山，说石景山是"燕都第一仙山"。

既是仙山，过去一定有许多寺庙。果然，近年来，遗址的挖掘工作说明了这一点。寺庙依山而建，一个建在另一个上面，颇似叠罗汉，没有任何进深，直上直下，一个紧扣一个，很险。建在最上面的是唐代的庙，叫金阁寺，现有玉皇殿遗址。往下走，在山崖中部凿有石经台、孔雀洞、还愿洞、本来洞等胜景，现在都已被清理出来。附近还有一口双眼井，是2004年才被发现的，已被罗哲文先生考证出是明代的遗物，深三十余米，依然有水。井上方的石崖上还留有古代修庙工人石刻留言。再下面还有净土寺遗址，还有元君祠、元君庙等古建。

应该说，到目前为止，这些清理还是非常初步的，随着考古挖掘的深入，肯定还会有大量文物被发现。最值得期盼的是石经的发现。北京界内原本有两处石经山，一处是房山的云居寺石经山，另一处就是此处石景山的石经山。既然云居寺石经的发现史已经构成一个美妙的大故事，那么，期待中的石景山石经的发现又何尝不是另一个美妙的故事呢。还有那些左右悬崖上的巨大佛洞，可望而不可即，近人还无人成功攀登过，其内部详情完全是个未知数。

这样看来，石景山绝对是一处待解密的好项目。

这个谜，如果解得好，北京又将多增加一处名胜古迹，它本来就十分壮观，还会有好听的故事续上来。

对以休闲娱乐旅游为主打的石景山区来说，石景山这座山本身的挖掘、保护和对外开放，无疑是一张有头等价值的好牌，恰似一场及时雨，来得正是时候，只因它有自然和人文的双重遗产特色。如果排排队，排在计划的第一位，石景山以它的潜力来说，定是当之无愧的。

天赐一座仙山，有美景，有历史，有一箩筐故事，土生土长，用不着引进，定有蜂拥而至的效果，真幸运啊。

田义墓的石刻装饰艺术绝品

京西石景山的模式口地区真是一个聚宝盆：区区小地，三个宝贝，一个法海寺，一个承恩寺，一个田义墓，又是壁画，又是雕刻，全是明代的，全是精品，宛如一个伟大的艺术之乡，难得！

田义墓，居然就在模式口街上，不在旷野中，这个选址多少有点儿怪；好处是很容易到达，仿佛天生是一个让人参观的博物馆馆址。

田义生前是个宦官。明朝的太监可以当官，可以掌权。田义是个四品官，级别不算特高，但他是个重要的官员，掌实权，侍候过三位皇帝，当过南京正守备、司礼监印和酒醋面局印，相当于"南京军区司令员"、掌印官和粮食副食总局局长。

田义去世后，万历皇帝下令厚葬田义，赏了不少银子造坟。

这下好了，身为太监墓，田义墓的制式不必像帝王陵那么严格和拘束，加上又有钱，又有势，于是石匠们便有了用功之地，尽情挥洒，精雕细刻，留下了千古绝品，堪称中国古代石刻装饰艺术精品。

田义墓比较小巧，不像明十三陵那么宏伟和有固定的格局，但是什么都有一点儿，而以精、以细、以有创意夺人。

譬如，田义墓虽然没有皇帝陵前面那两列石人石马雕刻群像，但也有翁仲相守，一边一个石人，一文一武，而且非常精彩。看看那武将的战靴吧，光是那根扎鞋的鞋带就不得了，绳由后跟处兜过来，穿过两侧的鞋襻，转到脚面上，系一个大花扣，全是石刻的！让人看得清清楚楚，古代武将是怎么穿鞋的，鞋很"跟脚"，掉不了，好一个实景模特儿！还有它那玉腰带，在腰后面雕了七块腰带上的仿玉石，七个画面居然组成了一套小连环画——"胡人驯狮图"，最后胡人用绳子把狮子拴在了柱子上。

顶精彩的是大块的浮雕。在田义墓里有三块巨大的石碑，其基础呈长方形。我在其中一块的侧面看见了神奇的石雕装饰画。在不到一平方米的面积上，刻了近十种花草树木，包括蒲公英、喇叭花，在草丛中和在树干上趴着一只刀螂，一只"呱嗒扁儿"，一只蝈蝈和一只蝉，体量和真虫大小一比一，完全写真，连长长的须子和透明的翅膀都雕得逼真，绝了。取材惊人，风格惊人，技巧惊人，出现的地方惊人。雕工石匠简直是在玩呀，玩出了一个意想不到的杰作，距今四百年，相当于17世纪初。

这幅石雕作品有三大特点：一、和欧洲的石雕不同，他们那里以人体为主，而且是以裸体为主，这里却是大自然；二、欧洲的石雕作品都有作者，全是署名的，而我们没有，全是无名氏，作者没有署名权，虽然水平不差；三、这幅作品是完全写实的，反而和欧洲的艺术风格一样，和中国传统的不一样；中国传统的石雕不完全写实，以写意为主，有的相当夸张，如门墩石狮，有的题材甚至是虚构的，如龙，如凤，如麒麟。

石雕蟋蟀和花草

由这三个特点可以推断，这幅作品是百姓的作品，完全由生活中来，有着朴素的写实意识，描写大自然，描写眼前的小昆虫、小花草，从生活中提炼美。它们远离帝王皇家风气，也远离文人画的格调，自成一体，浑然成趣。

中国帝王的石雕，包括宫殿和陵墓，以龙、凤为主，中国士大夫和文人的石雕，包括住宅和寺庙，以梅、兰、竹、菊、鹤、鹿为主，从来没有蒲公英，没有喇叭花，更没有"呱嗒扁儿"。

所以田义墓的石雕绝对了不起，是大艺术品。

它的内容和田义无关，和宦官无关，也和皇帝无关，它是纯艺术，它歌颂的是大自然，是生命，是美丽。

齐白石的划时代意义在于他的大白菜精神，他把大白菜、大萝卜带进了中国画，把农夫的耙子、老百姓的油灯带进了中国画；田义墓的石雕也是一个道理，通通都是重大突破，通通都是里程碑。

田义墓的石雕数量很多，门类也多，很值得细细研究和观赏。

那三块石碑是记录万历皇帝的三个圣旨的，内容都是夸奖田义的。三块石碑各有一个碑亭，全部是仿木质结构的砖石屋，中间那个造型很像小型的天坛祈年殿。三个亭子都保存完好，不可多得，很可观。

田义墓圈里还有几座别的太监坟，似乎有扎堆归类的意思。每座坟都有供桌。这些供桌极尽精雕细刻之能事，艺术水平大大超过明十三陵和清东陵、清西陵的任何一座皇帝陵的供桌，真是奇怪。我在其中一个五供桌的一支供柱上认真地数了数，这支供柱一共分上下六层，每一层由一块单独的石料雕琢而成，摞起来足有一人高，而每一层再分别雕有五层不同的纹饰。瞧瞧，多么华丽和气派，让石匠们过足了瘾，充分展现了他们的超凡才能。

我常常惊叹欧洲罗马柱的柱头，它们是那么注重细节，成为精美建筑细节的象征经典，名扬天下；而田义墓圈中的五供桌上的供柱，却是满柱的艺术细节，从头到脚，全身披挂，真不得了，令人瞠目结舌。

再看那些太监墓本身，墓围子有的呈八面体，全部石材，刻满了浮雕，内容竟是一个一个典故，全是故事，有

石雕供柱

"苏武牧羊",有"米芾拜石"等。几十幅古典故事构成了一部石头的人文教科书。阅读方式奇特,不用翻页,人自己转圈,转一周三百六十度,饱览一部中国古典人文大书。

研究音乐的也可以去看看,有一座太监墓的围子上竟然刻着几十样古代中国乐器。

我看过巴黎蒙马特山上的圣心教堂里的法国历代帝王的灵柩,白色大理石的,也是布满了雕像和装饰浮雕,豪华之至。我看过意大利佛罗伦萨的梅迪希家族教堂里的各代君主的灵棺,完全构成了一座雕刻的大博物馆。我看过柬埔寨吴哥窟里小吴哥、大吴哥和巴达亚斯瑞神庙的各种精彩浮雕,精美绝伦。它们都称得上是世界顶尖级的雕刻代表作,是雕刻装饰美术的标志性经典。在这之前之后,我看了北京的田义墓的石刻,我以为,这里的石刻装饰艺术绝不亚于上面那些世界级的文化遗产,完全可以和它们媲美,而且是技巧、风格和内容都截然不同的另一类雕刻,也是了不起的宝贝。田义墓的石刻是东方明珠,是中国式的古典石刻装饰艺术的登峰造极的作品,是国宝,非常可爱。

赶快升级吧,让田义墓的石刻装饰艺术作品尽快成为国家级重点文物保护单位。而且,从此改名,不再叫宦官博物馆,应该叫明代石刻装饰艺术博物馆。

这是一座真正的石刻装饰艺术博物馆,真正的。让天下的人都来看看中国最卑贱的人是多么聪明、多么浪漫、多么会玩、多么有艺术水准,创造了与世界其他地方根本不同的璀璨文化。看看他们怎样把地狱之门变成了充满生命欲望和律动的世界,看看生活的激情和民间文化的智慧是怎样创造了奇迹。

万历皇帝绝不会想到,他对田义重葬的指示,竟使无名的中国石匠们在几百年后名声大振,成了人们顶礼膜拜的对象,成了那些无与伦比的精美陵墓的真正主人。虽然谁也不知道他们的姓名。

法海寺壁画

看过法海寺的壁画之后,第一个感觉是:北京人白当了!

那里有顶精致、顶豪华、顶完整的明代大壁画。最美丽的存在原来就在这儿。

早闻其名,始终没有看过,不知道其真面目和它的厉害。一看,震惊了。真正的稀世珍宝就在身旁,过去竟然不知。走出寺门,自谴之心一时甚至远远胜过惊喜之情,痛感自己的寡闻,相识太晚啊。

法海寺,其实,距城挺近,在京西模式口内,只是不靠大路,离著名的京西皇家园林也还有一段距离。它单独躲在小山腰的绿树丛中,自成格局,不易找着,也就避开了都市的喧闹和人流。这也是它的万幸,不然,盛名之下,被盗被毁的厄运一定躲不掉。

大壁画保存得相当完好,恐怕还有一个原因:殿内奇黑,采光极差,又无天窗,几乎什么也看不见。佛寺荒废之后，殿内住过军队，住过学生，住过贫民，甚至有时还生火煮饭，昏昏然。壁画近在咫尺，多少年来却视而不见，没有大伤害。真是一大奇迹。

和著名的敦煌壁画、芮城永乐宫壁画相比较，依我之见，法海寺壁画有"三绝"：

一绝：它是最精细的。道理很明白，因为它最"年轻"。莫高窟壁画是4世纪到14世纪的；永乐宫壁画是元代的，建于13至14世纪；而法海寺是明代的，建于1439年，距今五百五十多年。艺术往往随着时间走"粗—细—粗"的路，三者皆美，但风格相差极大。法海寺壁画达到了精细的顶端，在壁画史中占了一个独一无二的位置。壁画的一角画有一只小兽，颇像一小犬，逆光而立，耳朵竖着，上面的微细的血管脉络清晰可见，真是一个自然写实的精品。

二绝：它是最艳丽的。道理也很清楚。法海寺是皇家寺庙，档次高，由宫廷的工部营缮所主建，壁画作者全是画师，非同一般。用料也豪华，画中七十六个人物的衣服图案统统描金，每一平方寸上都有极细极工的描金服饰花团。每一条轮廓线都是小手指粗细的极工整的"浮雕"线，而且是沥粉贴金。如果有光线射去，一定是一片金碧辉煌！

三绝：它是最民族化的。佛教本是外域传来的，以北线而论，越靠西部，时间越早，外国味儿也越多。法海寺几乎是最东边的,时间最晚,外国味儿差不多全无。人物,不论是老者、观音、小孩,还是护法天王们,已经是地道的中国人的形象了。尤其是女人的鼻子,男人的胡子,一派东方韵味。法海寺壁画恰是由西到东、由古到今的佛教逐渐民族化、国产化的变化线的终点。

法海寺壁画与其他中国佛教壁画比还有一个重大不同点:它有作者,或者说,它的作者不是"无名氏",而是有名有姓的。法海寺有一座1444年立的经幢,上面记载画是由画士官宛福清、王恕和画士张平、王义、顾行、李源、蕃福、徐福林等八人完成的。这样,这批壁画就有"主儿"了,可以称为"宛福清、王恕壁画"了,像说"达·芬奇的蒙娜丽莎"一样。

现代,对保护法海寺壁画立下大功的,有两个名字是不能不提的,一位是徐悲鸿先生,他多次请求政府保护壁画,甚至为壁上的几颗钉子写过报告。另一位叫吴效鲁,是一位看庙老人,"文化大革命"初期他智勇双全地阻止过"红卫兵"的破坏。没有他,也许,这些举世无双的大壁画早已荡然无存。将来或许有人专门写写这位可敬的老人。他们二位的名字应当也刻在碑上,绝对功不可没。

法海寺应当成为和敦煌、永乐宫齐名的观光胜地,它完全有资格。虽然,它和故宫、长城、天坛一样,已列为全国文物重点保护单位,也正式对外开放了,但由于宣传不够还鲜为人知,游客不多。应该双管齐下,一方面大力研究如何保护好它，成立保护基金会，成立保护研究所，召开学术研讨会；另一方面要开展一系列宣传工作，印画片、印画册、印邮票、办展览、写文章、开辟旅游专线，郑重其事有根有据大张旗鼓地为它叫好，将它推向世界！

托尔斯泰书桌上方挂着一幅意大利拉斐尔的《西斯廷的圣母》的复制品，他认为这是世上最美的画。

法海寺里的水月观音就是中国的西斯廷圣母！宛福清、王恕就是中国的拉斐尔！法海寺壁画也是世上最美的图画之一！

说来也巧，宛福清、王恕和拉斐尔差不多是同期人，画的中心也都是顶好看的妇人，和蔼可亲，完全世俗，西方的光着脚，东方的裸着肩，连构图也像，站在一旁的都是一位白胡子老头，意大利的叫西斯廷教长，中国的叫"月下老儿"。世上就有如此的妙事。

眼下，您要去法海寺观画，可千万别忘了带上多节电池的大手电筒，那时，将由黑暗中走出一大群出类拔萃的精灵，给你永世难忘的激动。

明代主题壁画惊现承恩寺

磨石口，今模式口，真了不起，藏龙卧虎。

短短这么一个山口，有一条古道；有若干古代民居；有法海寺，法海寺里有闻名世界的明代佛教壁画；有北京市九中，九中是个重点中学，出过不少名师和名徒；有田义墓，那里有非常精彩的石雕；还有一座承恩寺。

承恩寺正对着九中，在一个高坡上，紧挨着模式口古街，不难找。门口有几棵大树，树干很粗，一身的沧桑痕迹，一看就知道年头不短了，是老树爷。

承恩寺从未开放过，老锁着门，门口墙上倒是挂着北京市级重点文物保护单位的牌子。可见，是有相当的文物价值的。

最近，石景山区斥资开始对承恩寺进行修缮，面貌已焕然一新。红红的庙门很醒目，"敕赐承恩寺"五个大金字也高高悬在门上，引来过路人的注目和好奇。

在丁传陶老师的带引下，我有幸进入了承恩寺，大有先睹为快的荣幸和愉快。丁老师曾在承恩寺里住过，对承恩寺很熟。他指着承恩寺旁边的关帝庙说，那里的西厢房曾是他的"旧居"。在相当长的时间里，九中曾把承恩寺和关帝庙当作校舍用。丁老师甚至能背出寺柱楹联上的诗句。他是教语文的，是高级教师。他比我大一岁，已退休多年，但仍活跃在教育界和文化界，是个极热心于社会服务的人。他特别推荐承恩寺，趁着修缮之际，不妨先看看。

承恩寺是明代寺庙，有残碑为证，但因荒废已久，只剩了寺庙的外壳，内部空空如也。它的历史、它的作用、它的价值都有待考察，甚至连当今专门负责管理的干部也说不太清楚。他们正在发愁，修缮好了以后承恩寺究竟干什么用。

但仅就空壳而言，也有非凡之处，起码有三点特别引人注意。

庙外边居然有一层厚厚高高的虎皮墙，长方形，将寺庙整体筑成一个"回"字形的大框架。寺庙在里，自身有一圈庙墙，虎皮墙在外，又是一圈，两圈之间有夹道。这很少见。

更可观的是，虎皮墙的四角，各有一座碉楼。每座碉楼自身方方正正，每个边长足有十米。碉楼相当高，是个三层楼式的。层之间都有隔板。木质隔板及楼顶和内部的柱子均已腐朽，不复存在，露了天，甚至由碉楼里面自然长出了参天大树。不过，碉楼四壁的墙都很完整，相当牢固。墙上筑有石窗，是由整块的石材凿成竿状的，起着射箭的箭眼作用。

挺奇怪的是，四个碉楼据传说均有地道彼此相通，实际构成一套严谨的军事设施，将寺庙团团围住，固若金汤。这四组碉楼能给人很多联想，说明当初承恩寺很不简单，它可能兼有镇守城市咽喉的作用，或者兼有关卡、驿站、情报站等多种功能。反正，承恩寺当初很重要，要严密设防，严加保护。

承恩寺里面的树很多，都很古老，有银杏、有槐树、有松树、有柏树，树种不下十多种，棵数多达几十株，这对于一座完全建在平地上的寺庙来说，并不多见，不像那些建在山坡上的庙宇。

最令人惊喜的是，在承恩寺的天王殿里，至今完整保存着明代壁画。这个殿是安放四大天王塑像的殿，天王背后东西两侧各绘有两条彩绘巨龙，是充当天王衬景的，画的水平一般。唯有北墙上北门的两侧各有一幅精彩的壁画，有出奇的内容和艺术水平，不可多得，值得大书一笔。

两幅壁画各高两米左右，各长四米左右，总面积约为十五平方米。

壁画的风格和法海寺的明代壁画的风格几乎完全一致，虽然比法海寺晚七十年，但一看就是明代中期的作品，距今已有四百九十多年了。画的手法虽然和法海寺壁画同出一辙，但没有法海寺壁画那么细腻和奢华，略加挥洒反而增加了它的灵动、飘逸和鲜活。

这两幅承恩寺壁画可能也是皇家画师所为,而绝不是民间工匠的作品,是属宫廷画派的,因为其手法非常讲究,出手不凡。人物的脸、手都画得极其规矩、漂亮,完全符合比例,一看就知道作者素描基本功特别强,是受过严格训练的,其水平甚至达到了可以当作今人临摹范本的程度。

这两幅壁画的主题非同小可,和法海寺壁画大不相同。法海寺画的是神,而承恩寺画的是人。前者是宗教的,后者是世俗的。前者是天上的,后者是人间的。相比之下承恩寺壁画的人文价值显得尤为可贵。

两幅壁画描画的是"放生"和"放飞"的故事。西边的是放鱼、放虾、放蟹回归河流;东边的是放鸟回归天空,把鸟由鸟笼中解放出来,放它们在高空自由飞翔。

画上人物在东西两面各有八人,共有十六人。比例比真人略小。两边的主角同是皇帝和皇后,各由六位侍女陪伴。

我用高强度手电筒照着慢慢看,发现画面上有不少有趣的细节,相当令人震撼:西面的壁画上左侧有一匹白马和一匹灰马,跳跃着向人群奔来,完全是无拘无束的,并没有戴嚼子和任何缰绳,最左边的侍女却牵着一头黄色的鹿,走在两匹马的前头。皇后捧着一个大碗,碗呈黄色,有漂亮的花纹,里面显然盛着要放生的鱼虾。两名侍女为皇后举着团扇,一名侍女为皇帝举着华盖,另一名侍女紧挨着皇帝手持一个小口径大肚的蓝瓶，大概是盛水的。皇帝走在最右边，用一枚浅口盘向桥下的水中释放鱼、虾、蟹，水柱中共有六条活物：一蟹、二虾、三鱼，水柱下泄后击起了不小的浪花。东面的壁画和西面的壁画相对称，在东面壁画上皇帝位于最左边，他左手正释放一只有凤头的鸟，这只鸟的上方有七只已经起飞的被放了的鸟，按比例飞得越远的身子越小。除三名打扇、打伞的侍女外，有一名侍女由皇后捧着的鸟笼中已经取出一只鸟，准备递给皇帝放飞，最左边的一名侍女拿着第二个鸟笼子，早已是空的。第六名侍女手捧着一个红色的盒子。画面下方有非常写实的野花，栩栩如生。

承恩寺壁画《放生图》（局部）

应该说，这两组画面都有着完整的故事，创作构思奇妙，人物动作连贯，彼此呼应，异常生动，很有现代性，脱离了一般人物画的单摆浮搁，达到了很高的艺术水平，称它为精心创作的稀世珍宝一点儿也不为过。

这个主题不得了。虽然是来源于佛教的不杀生和放生哲学，但它是多么符合整个人类的共同理想啊。这个理想就是人类必须善待大自然，必须平等对待地球上的一切生灵，而不是一味地去统治它们，欺辱它们，杀害它们，甚至消灭它们。大家同在一个地球上生活，本来是互相制约的、互相联通的和相辅相成的，大家都是大生态链条中不可或缺的一环。

这些思想今日已经成为人类的共识，但是真理总是一点一点逐步完善的，是人类许多思想互补和累积而来的。承恩寺的壁画或许也是其中一个小水滴吧。

然而，承恩寺却会因此而出类拔萃，而价值非凡。

承恩寺之名是皇帝敕赐的。明代的皇帝有大爱的思想，和尚有大爱的思想，宫廷画家有大爱的思想，才留下了这样的美术，是偶然，也是必然。我们应当感激他们。

难能可贵的是壁画画面基本没有多少损坏，比较完整。只是画面已经灰头土脸，大概受过烟熏火燎，显得十分的昏暗了，缺少必要的关注、清理和保护罢了。

应该好好地用科学的方法修整一下，让它露出昔日的光彩。

这里，天生是一座环保和宣传爱护野生动植物的大好博物馆的坯子。

这么好的艺术品，又是明代的，当作镇馆之宝，当作好的哲理载体，真是太绝妙了，一定要好好地珍惜，切莫再让它默默无闻地孤单下去。

有大艺术品在此，那么，都来顶礼膜拜吧。

废 寺

早就听说京西有一座荒废的庙，离法海寺不远，在香山鬼见愁的西南面，建在一座叫天泰山的小山上。庙叫慈善寺，因为冯玉祥将军三次光顾而颇有些名气，它的周围留有不少冯先生的摩崖石刻，是石景山区的风景名胜点。去过的人曾告诉我："没意思，一座破庙，毫无看头，还是不要去吧。"我也就断了去看的念头。今秋，友人盛情相约，说那里环境甚雅，还有红叶可看，而且绝对没人，难得清静一回，我也就动了心。

坐汽车出模式口，过五里坨，再折向东北，渐渐盘旋而上。半路上岔出一条简易公路，据说是专为通向慈善寺而修筑的。沿这条路再行驶一刻钟的样子，便到了慈善寺。它静静地躲在山窝里，不到跟前还无从发现。远处的大山是介于海淀和石景山之间的克勤峪，光秃秃的有草无树；而近处，周围却是一片树木，用绿色的叶、黄色的叶和红色的叶把灰瓦白墙衬托出来，还未下车，便已经为它的美丽叫绝了。

峭壁之上有一拱门，上面又顶着一间小庙，孤孤零零地算是山门。再走二百多米，路旁的草丛中坐着一尊青石雕成的大肚弥勒佛，笑容可掬，张着大嘴，右手拿着念珠，袒胸露肚，完全是席地而坐，倒也别致。这种设计还是第一回看见，全是依地势而建，随心所欲，不求对称，不要围墙，天然成趣，另有一番风情。

仰头望去，在两丈远的高处，有一块巨石凸出在紫荆、酸枣、黄栌之上，四个赤红大字刻在其上——"勤俭为宝"，是冯玉祥将军1924年12月书写后让人刻上去的，每个字足有一尺见方。再往上，是他的另外三个大字——"真吃苦"。十分乐观的弥勒佛，坐在草丛中，以天为顶，以树为墙，以这样入世的警句为后背，多么惊人的搭配，还未入得正院，便已经感到不虚此行了。

整个大寺院有百十多间房，有大殿、有藏经楼、有跨院，房子基本完好，就是屋内空空如也，什么东西也没有。作为一座寺庙，它早就荒废了，一派萧索凄凉景象。院内地上乱堆了一些断残的石碑，上面的碑记可以把它的历史推溯到康熙年间，只有一对年轻的夫妇住在庙内，是看守，他们怀里抱着一个不到一岁的胖娃娃。一条狗、一群鸡和他们相伴。大门是紧闭的，一般不让参观，常年没有人来，只有林中的山喜鹊飞来做客。一股清泉自山腰流出，水量很足，尝了尝，清凉可口，足可以办个矿泉水公司。房脊上装有避雷针，各屋都有电线，只是为了安全没有接通电源。

在院里走了一遭，越看越惋惜，马上产生了一个想法，与其花很多钱去造些假古董，还不如把这些荒废的寺庙修复起来，当旅游地也好，当疗养院也好，当别墅也好，当度假村也好，一定比人造古董多出不少不可比拟的优越性。

任何一座有一定规模的寺庙都有它的地理环境特色，这是不必再花力气去选择的，早有前辈僧人做了大量开拓工作，那里必定有山有水有树有路，而且一定是个美丽的地方，有它不同凡响的特别之处，处处是现成的，自然的，像天赐的一样。

任何一座有一定历史的寺庙必定有它的文化遗产，有一堆故事，有一套民间传说，有成批的文化遗迹，组成一个特定的仅仅属于它的文化气氛。

这便是历史的价值。

这两条都是任何一个假古董所根本不具备的，不管花多大的投资都无法买来，也无法用超等豪华去取代的。

我在慈善寺正殿前的砖地上发现一个旧晷的石刻残件，上面居然刻着"1790"的字样，时刻的划分完全是欧式的，是小时制，而不是古制计时所用的子丑寅卯，数字则用的是大写的罗马字。这件洋日晷躺在这里使我大吃一惊，说明慈善寺很不简单，二百年前，在乾隆后期，西方的文明已在它的围墙里扎下了根，足见当时在这里主事的佛教领袖们有着很高的知识水平和宽广的胸怀。

这不就是一个很方便的例子吗？它只是这座寺庙的一大串故事中的一个小小的，却很有趣，而且是随手拣来的故事。

慈善寺对面的南山坡上立着一座古塔，黑黑的颜色，是慈善寺一位著名疯僧的衣冠冢。这位疯僧圆寂后，他的肉胎坐像供放在寺的后殿里。据说长得很像顺治皇帝，于是，民间便有了"顺治皇帝出家天泰山"的传说。这样的传奇故事自然为慈善寺增添了不少诱人的神秘色彩。相传，慈善寺在历史上香火很旺。那座魔王和尚的肉身坐像，他的塔冢，以及种种演义出来的故事，大概都是香火旺的不可缺少的重要因素。如今，坐像已荡然无存，塔却依然挺立，仍然可以为民间故事提供"话头儿"，足以证明，这里满地是文化！

冯玉祥将军在寺后面的山坡上还刻了"耕读"、"淡泊"、"灵境"及"谦卦"，这些字不光能把这位传奇将军的个人品格点画出来，而且还能引出"二次革命"的历史回忆来，包括在现代化历史上很有意义的"北京政变""推翻曹锟贿选政府""驱逐溥仪出宫"这样的不平凡的事件。冯先生隐居天泰山后，各界代表频繁上山来慰问他，其中不乏知名的历史人物，像汪精卫、孔祥熙、徐谦、吴稚晖、张学良等。有的有照片为证，这些照片，不消说，也是慈善寺历史文化遗迹的重要部分，令人瞩目。

瞧，这样一个破庙，几乎到处藏着宝，历史的宝，文化的宝，精神文明的宝。

如果有了钱，还是先把造假古董的工程放一放，不如把慈善寺这样的文化遗产修复起来，让它重放光芒，吸引八方来客，定有事半功倍之效。

不信，先拿慈善寺来试试。善哉善哉！

废寺并不废。

注：2007年此寺经过七年的修缮，面目一新，已正式对外开放。

洋日晷

不久前,我偶然看见一块石质日晷的表盘,居然是个洋的,在一座破旧寺庙里。大概,它已经在那儿默默躺了很久很久无人理睬。

说它是个洋的,是指它和故宫三大殿前面摆着的清代日晷一点儿也不一样。首先,上面刻着的年代是公元制,四个大阿拉伯字码——"1790",距今已二百年出头了,这是非常罕见的,"公元"是罗马教皇1582年颁行的,在中国被采用则是20世纪辛亥革命以后的事。而这儿,居然是"1790"!在中国北方的一个寺庙里!

当时,正值乾隆皇帝当政,如果要刻年代,按惯例大概是刻"乾隆庚戌年",而不会是"1790"。

其次,日晷表盘刻的计时刻度是小时制,而不是十二地支,这也很令人吃惊。中国人知道"小时"是在17世纪初利玛窦等洋教士进贡自鸣钟给万历皇帝前后,而朝廷上下直至普通老百姓却始终说"子时、丑时",不说"小时"，直到机械洋表座钟走进中国市场。

还有，日晷表盘上刻的小时数码是大写的罗马数字"Ⅹ、Ⅺ、Ⅻ"之类。

整个儿是个洋的，总之。

这就怪了，怎么这样一个洋玩意儿居然会躺在一座僻静的中国佛教寺庙里？

计时和计量是人类踏进文明门槛的第一磴台阶，是整个人类社会文明的基础，怪不得清朝皇帝要在自己宝座大殿前左边放个日晷，右边放个嘉量。很难说日晷的发明权属于谁，三千年前古埃及就有日晷，我国西汉时也用日晷，只是各用各的，原理相同，制式不同，历法不同，计时制不同，数字不同，文字不同。真正在天文知识上的第一次交流要追溯到明末来华的欧洲基督教教士们，他们带来了欧几里得几何学和西方的天文知识。这块洋日晷便是一个证明。它，或者是洋教士们在中国监制的，或者是中国学者们学习了刚刚传入的西方科学知识之后自己再创作的。

不过，不管怎么说，在乾隆时期主持这座佛庙的中国僧人是非常了不起的。他一定很有学问，而且心胸开阔，是个勇敢的人，虽身居僻壤，又在一个教门中服务，却能放眼世界，相信科学，实行"拿来主义"，为我所用。肯于把这么个洋玩意儿搬在自己的大雄宝殿之前，堂而皇之地立在那儿，谈何容易！在锁国政策下，中西历法经常闹矛盾，搞不好因为推广西历还要坐牢。

我在这块洋日晷残件面前站了很久。它已经没了底座，没有表针，孤孤单单地躺在地面上。心想，它可是历史进步的一个见证啊，我对那有远见的和尚肃然起敬了。

这座破庙叫慈善寺，完全荒废了，在天泰山上。已被确定为石景山区的文物保护单位，有待清理修复。

人类需要交流，需要开放，而且早就在这么做着，只是幅度时大时小，全看主观的认识程度，这块石头钟表便是一个小小的见证。

石头，不会说话。如果会说话，它一定先说这个。这便是洋日晷的启示。石头的笨钟说：我们的文化，也是世界文化的一部分。

注：此文发表后，洋日晷已被石景山区文保所收藏。

漫步在西山山脊

北京西部有座西山，上边有一条不被人熟知的山脊小路，走上去会看到惊人的景观。本来西山上面有两处众所周知的公园，一为香山，一为八大处。香山的最高峰叫"鬼见愁"，有五百七十八米高，是爬山胜地。然而，另有一番情趣的也许并不在这里，而在那条小路上。

那一条不被人熟知的路线是一条在西山山脊上的爬山路线，或者，更确切地说，是一条漫步在山脊上的路线。这是一条比从东边爬鬼见愁更有一番情趣的路线。

西山是一条南北走向的山脉。山的正东方是北京城。山的西边是群山，是荒野，间或有些小村庄。

北京的西山并不长，只跨两个区，其南端在石景山区的模式口附近，北端在海淀区香山公园北边的樱桃沟一带。直线距离大概有八公里。

由模式口附近的著名景点法海寺出发，沿寺外小径向北行，稍稍爬几百步，就到了西山山脊，此后，完全走在西山山脊上，一路走来，竟丝毫没有爬山的感觉，宛如在比较平坦的坡地上甚至平原上散步，真奇妙。

西山山脊上植被不少，以灌木为多，小路实际上被灌木簇拥着。小路不宽，只容一人单行。脚下是野草、野花，身旁是绿叶和树枝，头顶是青天，感觉很好，全是久违了的大自然，这在北京城里是无法体验到的。

路不是笔直的，有很多弯曲，是随着山势而被踩出来的，携几位好友慢慢地走，边走边歇，边走边吃，边走边饮，边走边聊，边走边看，不慌不忙，一趟走下来，要七八个小时，譬如说，上午九点由法海寺出发，下午五六点钟能到樱桃沟。当然，快走用不了这长时间。

游人极少，半天才能碰到几位山友，大致也是同一方向的。这是这条路线最大的优点。想想，在北京哪儿有没人的地方呢。

站在西山山脊向正东看，能鸟瞰整个北京城，是这条路线最大的亮点。仿佛，它是专为居高临下看北京而生的，在几处敞亮的视点，可以把北京城都收入眼底。在这里视野极为宽阔，眼前是"一片大海"，城市海洋，很壮观。

此时，最奇怪的事会发生在你的眼前。如果是晴天，没有风，你竟然什么也看不见！北京城的上空真的有一个巨大的"锅盖"。一大团浓厚的蓝灰色烟雾死死地笼罩在北京城的上空，很厚，压得很低，左右没有边沿，绵延很远很远，挡住了一切视线，竟然连一幢房舍都看不到，不管是近处的，还是远处的。

闹了半天，北京所有的人，无一例外，不分昼夜地生活在这团臭气里，太可怕了。你会被这意外的发现吓得半天说不出话来，只能用震惊、用害怕来形容。

转过头来，站在山脊上向西看，同等的条件下，居然可以一览无余，可以清清楚楚地看出去很远很远，几乎直到天际，清晰度之高，透明度之高，到了无与伦比的程度，同一时刻啊。原因很简单，西边没有空气污染。

一山之隔啊，两个世界，两个天下，界线如此分明，对比如此强烈，真是触目惊心。

而这一切，绝对是意外发现，意外感受，突如其来，跃入眼界的，教你不得不对比，不得不感慨，不得不震撼。

这座西山把来自西部的风全挡住了，挡得严严实实，以致东边大城市老被"锅盖"捂着，驱不散，搬不去，除非有级别很大的西北风翻山而至，否则空气状态就永远这么界线分明地僵持着，分裂着。

以前，北京人讨厌刮风。现在，北京人盼着刮风，盼着大风把每时每刻盖在头上的那顶臭锅盖掀掉。

每个人都该到西山山脊来走一走，也许不为别的，就为了认识一下那一东一西截然不同的两重天。

这个见识是应该有的。结论也自然会有的。

头一个结论应该是毫不犹豫地限制北京的汽车数量，决不能再以每天一千三百辆的速度盲目增长，想方设法减少汽油燃烧后的废气排放量。既然知道形成那个可怕的"锅盖"的主要罪魁是汽车，就要有针对性地想办法解决它。这就叫落实可持续发展观。

西山山脊是一个天然的好课堂，绝对的，不论你去的初衷是什么。

又见一座北京古桥

北京的古桥数量多，而且名气大，个个儿都有大段的故事，其中，国宝级、市宝级的就有七座。燕京八景之一"卢沟晓月"便是一座桥。

最近，我在西山里又看见一座，它既古老又可爱，不妨记述一下，以期引起重视，将它认真保护起来。

这座古桥建在大山涧里，是个大型独拱石桥。在北京，独拱桥里最漂亮的要数颐和园里西堤六桥之一的玉带桥，它拔水而起，凸起一个大罗锅，非常高，非常陡，造型飘逸，相当惊人；山涧里的这一座，也属于独拱，但恰恰相反，拱券虽很大，桥洞却向下伸展，极深，罗锅反而起伏不大，只因它是架在两山之间，好像匹夫当关，一位巨人分腿而立，挺站在山涧当中，气度非凡。

桥是石质的，由下到上，全是大块的整齐的青石，工艺精湛，至今岿然独存。

此桥以其巨大和雄伟而夺势。它不是"小桥流水"，它是一座大桥。拱券的半径有三米多，半圆之下，再伸下去四五米，总高约有八米，相当于三层楼高，非常壮观。

这么一座大桥飞架在荒郊野外，下面是很深的山涧，泉的激流在奇石怪岩间一泻千里，不论是近看，还是远观，全都精彩，令人赞叹不已，绝对是人间美景。

陪我观看的李成志老师和丁传陶老师说，此桥已有八百年的历史。他们俩是石景山区的文物迷。

那当是金代中期了，石桥差不多和卢沟桥同庚。

起因是桥附近有一座八百多年的古刹，叫双泉寺，它是金章宗避暑的场所，寺因有两股山泉而得名，寺碑上有关于这座桥的记载，称它为"万善桥"。

《日下旧闻考》一百零四卷里对此桥也有记载，明代弘治七年（1494年）文人钱福曾撰有此桥的碑记，立碑距今恰好五百年了，这起码是桥的最低上限，可见桥的古远了。

桥在八大处的西麓，由八大处翻过山，跨过深壑，便能到双泉寺和双泉西面的天台山慈善寺，这是一条古代进香道，万善桥是必经之路的过涧桥。如今在正对桥面的西山坡上还有一座小石佛，略半人高，右边有石刻题记："双泉寺僧人圆喜，发心造接引佛一尊，万历十年十一月初一日"，距今四百多年，也是石桥历史的有力的佐证。

桥上方沟床中有几块体积极大的墨绿山石，形状、结构和花纹都相当奇特，不知由什么地方滚落至此，恰成桥的衬景。桥下深壑当中有小潭，山泉使它长年有水，水中有鱼，又是一景。桥附近多樱桃树、杏树、香椿树和皂角树，可惜山民们不懂经营，果实和嫩叶差不多都白白荒在树上，足见这里和外界接触不多，尚不够开化。

如今这里人家稀少，年轻人多已转移至山下或进城，只有遍地的石磨和石碾子，说明这里或许曾经发达过。两米直径的大碾盘，相当完好，早已弃而不用，摆在那里，很像古朴的民俗博物馆的陈设，看着怪可惜的，无言地述说着人间沧桑变化。

如今，由城里去万善桥，已不必翻山越岭，只要到石景山区，出模式口，到三家店，沿一条叫黑陈路的山道，驾车上山便可一直开到桥前。那里有山泉、古桥、樱桃和石碾，都很诱人，静静等着今日的欣赏者。

香山前区

"香山前区"这个名字是我取的,事实上并不存在这么一个地名。叫作:有其地而无其名。

我觉得,这个地方怪有意思。

首先是内容丰富,可看的地方多,而又不大为外人所知,挺可惜的,应该介绍出来。其次,我曾多次光顾这些地方,而且差不多都是利用节假日骑自行车去的,一去就是一天,甚至长时间地躺在那里的草地上,看天看树,尽情享受大自然的恬静和幽美,颇有点儿来到世外桃源的味道,可谓找到一处并不太远的京郊好去处。

所以要用这么一个名字,专门道出其妙来。

在明清时期,自然不用多说,北京香山一带建了好多庙,好多园林,好多墓,最有名的是静宜园、碧云寺、卧佛寺,吸引过不少名士。就在20世纪二三十年代,由文章和日记书信中也可发现,许多名士文人都到过北京香山,或在此养病,或来游玩,或来短住,或来学习,其中包括鲁迅、周作人、老舍、冰心、朱自清、丁玲、胡也频、沈从文、邓颖超等。和这一带联系更多的当属熊希龄先生，这和他在此地创办著名的香山慈幼院密不可分。先说说他吧。

熊希龄墓

提起熊希龄，他可是一位在近现代史上赫赫有名的人物，参加过戊戌变法，当过很短时期的北洋政府的国务院总理，辞官后办教育、办慈善，当过首任全国红十字会会长，在香山创办了香山慈幼院，实际囊括了由幼儿园、托儿所到小学、中学、幼稚师范、工徒学校、大学一整套教育机构，成系统，培养了数以千计的实用人才。抗战初期，他积劳成疾，病逝于香港，也葬在了香港。改革开放后，由其继室也是著名的社会活动家毛夫人做主，将其灵柩由香港迁回北京，葬于香山熊氏陵园之内。

这个小陵园值得一访。它的位置和香山慈幼院大有关系，是熊先生生前自己选好了的，园内葬有他的直系亲属。实际上陵园就在他创办的香山慈幼院范围之内，差不多就在他的办公室外面。如今，陵园几乎被围在香山公园北门外、碧云寺路旁的居民宅院当中，好在有栅栏围墙护着，已被确定为文物保护单位。到了这儿，凭吊一下这位传奇人物，了解一下他的业绩，特别是他对教育和慈善事业的贡献，对拓宽思路、继承先人的事业、走国富民强之路，还是大有好处的。怎么说，这也是一段不可忘却的历史。

想当初，从1919年到1948年，整座皇家园林静宜园，即今日的香山公园，全归香山慈幼院独家使用。

香山公园里有一座非常有名的别墅，叫"双清别墅"。毛主席1949年曾在此住过。而且此房充当了当时解放战争的最高指挥所。有一张毛主席阅读报道南京解放消息的历史照片就拍摄于双清别墅院中的小亭下。双清别墅实则为熊希龄先生所建，曾是他的住宅。

现在香山公园里靠近北门处仍有不少房屋是当年的香山慈幼院用房，改革开放后我曾在里面开过会，记得，当时是当作招待所用。

这些平房是应该挂牌保护的，因为它们都属于20世纪的重要文化遗产。

乾隆练兵碉堡

香山东侧有一座雄伟的团城演武厅，已被确定为文物保护单位，与这座演武厅相匹配的有六十七座碉楼，曾经分布在附近的田野里，随处可见。现在这些碉楼所剩无几，而且大多数残破不堪，但是恰恰是这些残破的碉楼很有味道，沧桑感极强。游人偶然发现一座，立刻有如获至宝之感，可以欣赏半天，甚至流连忘返。

十多年前，我在卧佛寺东面，在梁启超墓东边，发现了两三座破的碉楼，可以一直走到碉楼跟前去抚摸它们。我记得，碉楼是用不规则的大石块砌的，楼高大约有十米，呈方形，堡基已残缺得很厉害，缺了很大一角，变得头重脚轻，好像随时有倒塌的危险。

乾隆年间，进剿大小金川土司叛乱时，遇到顽强抵抗，叛军在山口构筑了不少碉堡，以至清军久攻不下。乾隆皇帝遂下令在香山一带修筑同样结构的碉楼，组建一支精兵，专门操练攻打碉楼之术，遂得健锐云梯营两千人。乾隆皇帝自己常来观看演练情况。派至前方，终获大胜，成为"十全武功老人"非常自豪的事。

这些碉楼就是当年演练的对象，是有重大历史功绩的实物。

知道这些故事之后再来看这些碉楼便更有一番兴致，毕竟二百六十年了。

顺便说一句，在这些残旧的碉楼前面可以拍出相当精彩的照片。有色彩的斑斓，有历史的沉重，有岁月的残缺，有变化的对比；还有，联想的空间。总之，潜力很大，难得难得。

乾隆练兵碉堡

我已多日没去看它们了，如今，它们安在吗？
我很担心。

中国科学院植物园

　　香山前面有两个植物园，一老一少，差不多大小，名气各不一样。北边的，在卧佛寺前面的叫北京植物园，比较年轻，狭长，以碧桃盛名，里面还有一座设计别致的玻璃大暖室。南边的，中国科学院植物园，属于植物研究所，公开对外，已有近百年，游人数目却远不如前者。

植物园以人少为佳，科学院植物园恰恰有此长处。僻静，如今在北京已是难觅的。能和僻静挂上钩的，大概科学院植物园还能算一个。

科学院植物园南半部有大片的天然草坪，可能是北京境内最老资格的草坪了。在现代化的城市草坪还未盛行的时候，这里是唯一的人工栽培的大面积草坪。

那草坪上也栽树，但密度不大，错落有致，更有天然味道。

"踏青"当然是以春夏和初秋为好，到了冬季只好去看温室。

约一二好友在草坪上躺一躺，把城市的喧闹抛之脑后，是最惬意的事了。

哪怕躺一个小时，终身难忘。

卧佛寺

卧佛寺有四处特别：一是可以住，叫卧佛寺别墅，在东侧；二是有两处洋式的花园可看，在大门外的左右，明显是法式的，不知是哪位设计师早年的作品，能摆在卧佛寺也是"一怪"；三是西边的园林很好，那本是皇帝的行宫，也是去樱桃沟的必经之路，那里的小亭子被老舍先生写进自己的小说《赵子曰》；四是那尊卧佛是元代的雕刻精品，是铜质的，重五十四吨，是全国最大的铜铸卧佛。

最好是晚上住在庙里别墅中，黄昏时在庙里散散步，听着檐角下的铁马在风中击打的声音，那才多少悟出"得大自在"的一点儿味道来。

文学家艺术家的墓

香山前区是重要的现代文人墓区，这里有梁启超墓、刘半农墓、刘天华墓、马连良墓、徐兰沅墓、王莹墓等。一个重要的特点是：他们的墓都不在公墓里，而是分散的，单独的，而且不易找到。

这些重要的文人墓有的已被确定为文物保护单位，受到保护，但级别都不高，多半是区级。这有待提高，升为市级或国家级，否则既不符合其身份，不利于保护，也不利于大众前去瞻仰凭吊。

特别要提到，这里的墓差不多都没有路标，寻找成了一件难事。

我在一篇关于在京文学家艺术家的墓的专文中详细记述过这些墓地，这里不再赘述。只想强调，这些墓地都很值得注意，它们是香山前区的一大亮点，因为墓主中许多是重量级文化人物，甚至是世界级的文化巨人，对后世有着重大影响。

祥子的"路"

众所周知《骆驼祥子》中的祥子是个虚构的人物，是小说中的主角，他的身世和故事全是杜撰的，但是，故事的地理背景却是真实的。祥子是人力车夫，他的许多事情都和路有关系，其中最有趣的一条路是在香山前区。

小说中祥子被大兵抓到了西山，不堪凌辱，牵了三匹骆驼趁着黑夜逃了出来。走到西山模式口，他琢磨：往前不能走通向北平的直道大路，譬如一直向东经黄庄进阜成门，这样很容易再被抓回去，一定要顺着西山山根走，比较遮隐，不易暴露。写到这儿，老舍先生为祥子设计了一条特别的路线，他写了一串地名：模式口—金顶山—礼王坟—八大处—四平台—杏石口—南辛庄—北辛庄—魏家村—南河滩—红山头—杰王府—静宜园—海甸—西直门，不光有地名，还有方位，还有地势。

真是这样吗？

我曾骑着自行车，由模式口出发，去寻找这些地方。

结果，全对：地名对，顺序对，方位对，地势对。

年轻的老舍先生在西山卧佛寺养病时，自己曾走过这条路，熟悉了这里的村落、地势和道路；光看地图是不行的，一般的城市地图上没有地势的显示。所以，日后他能不止一次地把他熟悉的西山地名，如卧佛寺、大悲寺等写进自己的小说。

日本老舍爱好者知道了这条路的实际存在之后，非要组团来旅游，取了个名字：祥子之旅。

"祥子之旅"曾一连办了三四次，看得津津有味，说这可是现实主义的魅力啊。

不过，后来随着时间的推移，乡村和道路都变了样，距离祥子的路越来越远了。

松堂

松堂在团城的对面，在公路的西侧，靠着香山，原来是焚香寺的一部分，松堂是一个敞厅，四壁无墙，柱和顶全是石头的，古朴别致。这是乾隆皇帝前来阅兵时用膳的地方。

敞厅中有石头龙椅宝座，宝座后有石屏风，上面刻有乾隆的诗和序，都是他的手书。内容是歌颂健锐云梯营的战功的，是一份极有价值的史料，石屏风的造型和刀工都极佳，是个不可多得的宝贝。

　　精彩的还有松堂四周的白皮松，几十棵，都有二百多年的树龄，长得很神气，也是一景。

　　可惜，这么个好地方，目前并不对外开放。还是应该专门划出来，供游人参观，毕竟是个有史有情有景的地方。

宏伟的"黄肠题凑"

有一次,林海音先生问我:北京最应该看的地方,依您之见,是哪些?

我回答:除故宫、长城、天坛、颐和园、十三陵、周口店北京猿人遗址这六处之外,最应该看的,是雍和宫、国子监、北海、法海寺和大葆台西汉墓。如果您的时间有限,这几处是应该优先去看的。

为什么?

哪怕去其中的一处,都不虚此次北京之行。

为了验证我的说法,林先生同意先去大葆台西汉墓。

看完之后,我问她:如何?

她只回答了一句:真的不虚此行!

大葆台西汉墓是一座博物馆,在北京南郊的丰台区,距市中心很近,只有十五公里,它的旁边有一座"世界公园",一度人山人海,而近在咫尺的大葆台西汉墓却长年门可罗雀。

然而，它却是最好看的，只是不被一般人所知，可惜了。

不过，不要紧，好货是不怕卖不出去的。总有一天，它会火起来，因为毕竟"货真价实"。

此地原有两个大土丘，年长日久，人们并没有意识到这儿会是两座大坟。"文化大革命"当中，某项目动工挖土之际，挖出了异样的东西，报道之后，来了考古专家，立刻封闭，细心挖掘，挖出了惊人的"黄肠题凑"。清理之后，索性原地盖一座大屋，原状保存，取名"大葆台西汉墓博物馆"，对外开放。

这是全国首例"黄肠题凑"。大葆台之后，全国又发现了几处，皆汉朝大墓。

史书《汉书》上有"黄肠题凑"这个名词，原意是一种高贵的葬具，属于"天子之制"，是帝王、皇子和诸侯王死后享有的高规格的仪葬制式。

但，以前从未见过实物。不知为何物。

大葆台西汉墓里发现的"黄肠题凑"是头一回显现的"庐山真面目"，立刻被界定为重大考古发现。

实物的确极为壮观，用十厘米见方的黄色的木头，应该是类似黄花松那样的松木的心材，每根长九十厘米，一般大小，一根一根地码放，截面对着棺椁，像刺猬的刺那样，朝向中央。共码一万五千八百多根，整整齐齐地把棺椁围起来。这样的心材里集中了大量松香。用意很明显，

黄肠题凑

用它来防腐，来防水，来把棺椁保护起来。棺椁的底和顶加放木炭和白膏泥封，再加土夯实，地表堆成大丘，到挖掘时，土丘尚高出地面九米。

向下挖去，是非常规整的大坑，深近五米，四壁有点儿坡度，坑口长有二十六米多，宽有二十一米多，还有三十四米长的墓道。

"黄肠题凑"位置在坑中央，木头码起来高三米，宽零点九米，组成一座长方形的大木围子，总长四十二米，多么浩大的工程！

再中央是墓主人的二椁三棺。

木围的四周还有外回廊空间。其间放有一些殉葬的牲畜和陶俑、陶器，后者尺寸都很大。回廊之外是炭，再外是土。

椁室的前侧有一间前室，叫"便房"，是供墓主人起居饮食行乐的地方，实际就是一张方方的黑漆朱彩的大木板，放在便房地表，是他的坐榻。

这三样：棺椁、黄肠题凑、便房，配起来，就是天子、皇子、亲王诸侯才能享用的高级葬具。它就是高贵的汉墓的内容。

想想，墓道加上墓室，长有六十多米，宽二十多米，那间将它整体罩起来的大屋会有多大，一进门就吓一跳。

它的主人是西汉时北京地区的最高统治者燕王，或称广阳王。另一侧的土丘中埋着他的夫人。

这两座大墓早年都被盗过，甚至"黄肠题凑"的一角还有被火烧过的痕迹。大概空气不够，烧不起来，此座西汉燕王墓大体上保存相当完好，宏观结构上一清二楚，气势撼人。

小件的文物在整体挖掘时仍被清理出不少，在博物馆里都有专门的陈列，其中小玉雕甚是可爱，可以当礼品复制出来。此外，头枕、臂靠等，造型和结构都很奇特可喜。

"黄肠"者，黄心松木方子；"题凑"者，木头皆向内。这有别于土质的墓坑，如秦始皇兵马俑方阵的大坑；又有别于石质墓室，如十三陵或清东陵、清西陵的墓室；还有别于砖质的墓穴；它是木质的，而且是用一万五千八百多根总体积一百二十多立方米的实木方条码起来的墓围墙，彼此不榫接、不钉牢、不粘接，这在古今中外是独一份。

这便是"黄肠题凑"的独特之处。

而所有这些都是两千年前发生的，构成北京城最古老的文明遗迹之一。难怪，林海音先生说，一次来京仅看此一处，便不虚此行了。

真值，开眼啊。

有人或许说，西汉贵族们的墓葬制度相当奢华，也相当铺张，我倒对此并不在意。我对大葆台西汉墓看重的是其奇特的构思。"黄肠题凑"，这是一种十分离奇的设计，那么简单，那么宏伟，那么实用，那么巧妙，那么经久不朽。可以说是真够创新的了。

这是可以给人以启迪的地方。干什么事都得有这股劲儿。要有新招儿啊！

"黄肠题凑"，怎么想出来的呢？

京城十五块有藏文的石碑

我没有想到北京会有这么多有藏文的石碑,完全没有想到。用了一个半月的时间,我刻意做了一番调查,逐一寻访了北京城内刻有藏文的石碑,结果让我大吃一惊:我一共找到了十五块!

一、九大特点

观察下来,这十五块藏文碑居然有相当多的共同点,宛如独特的一组。我总结了一下,大概有以下九个特点:

(一)都在北京城内和近郊,远处的姑且不算,像密云境内的番字碑和长城居庸关云台里的石刻都不算,这里指的是位于北京中心区内的,其位置显赫,是在首都的核心区位上的。

（二）是十分规范的藏文，处在完全和汉文、蒙文、满文同等的地位，是地地道道的主体文字之一。

（三）都是皇帝的御笔，主要是乾隆皇帝的，是他亲自撰写的重要文章或题词的藏文翻译石刻，和汉文、蒙文、满文并列，属于高等级的重要文献，最近的距今也有二百三十年了，都是18世纪中期的遗物。

（四）有不少涉及西藏的内容，强调西藏是我中华不可分割的一部分，强调重视喇嘛教的历史意义，强调西藏黄教领袖们和中央政权的密切关系。今日看来，都有巨大的史料价值和现实意义，关键是它们都在北京啊。

（五）字刻得庄重，碑体体形硕大，石料优良，雕工精细，多数配有非常漂亮的碑亭，而且保存完好，字迹差不多都很清晰，堪称一批难得的精美艺术品。

（六）分布在著名的皇家园林和寺庙里，遍布在北海、颐和园、香山、碧云寺、黄寺、雍和宫、万寿寺、实胜寺等八处，落点考究，具有典型性和代表性，覆盖面大，涵盖性强。

（七）多数是历经劫难而保留下来的珍贵文物，所在的皇家园林有的完全毁于英法联军战火，有的相继毁于英法联军和八国联军的破坏，园林已成一片废墟，只有这些大石碑逃过了劫难，傲然挺立至今，成了那一段历史的永恒不灭的载体，依然雄伟地耸立在那里，维系和传承着中华文化的经脉，因为它们是石头的。

（八）这些石碑才情并茂，有的还是图文并茂，内容重大，艺术精湛，装帧精巧，做工细腻，浑然是些大块头的艺术品，是极好的欣赏对象，可以驻足细看，可以凭吊深思，可以流连再三。

（九）其价值远远未被挖掘出来，有的没有立解说牌子，有的没有必要的保护措施，有的没有开放，更没有形成一个专门的系列。总之，对其内涵和客观存在缺乏应有的判断，没有认识到这是一组极重要的涉及祖国统一大业的"国宝"，完全有必要刻不容缓地把它们挖掘出来，刻意地指明它们的政治价值、史料价值和艺术价值，形成一组特殊的、专门的、不可替代的爱国主义活教材和维系祖国统一大业的伟大历史见证。

二、黄寺中为六世班禅立的碑

六世班禅四岁时，于乾隆四年（1739年），被认定为转世灵童，并在后藏日喀则市的扎什伦布寺坐床。七世达赖圆寂后，六世班禅曾为幼年的八世达赖喇嘛强白嘉措剃度受戒，并成为后者的老师，实际成为西藏地方政府的首领，并公认为当时藏传佛教格鲁派的领袖，在藏区和蒙古诸部享有崇高威望。在乾隆三十年（1765年），清政府特向他颁赐了金册和金印，用汉、满、蒙、藏四种文字镌刻"敕封班禅额尔德尼之印"。他是一位有政治远见的宗教领袖，他对清政府于乾隆十六年（1751年）拟定的《西藏善后章程》表示欢迎和拥护，后者是一份关于西藏政体改革的法律，其核心是避免藏王独揽西藏大权，而将政权交由四名噶伦组成的噶夏西藏地方政府，噶伦人选由达赖喇嘛和中央驻藏大臣商定，报清政府批准。这种政策有助于增强中央政府对西藏的管辖权威。六世班禅注意到英国殖民主义者此时有意插手西藏，果断拒绝藏人和英方成立某种联盟的要求，坚持西藏是中国的领土，不准英人以后再来西藏。他的立场得到了乾隆皇帝的赞赏。

乾隆四十三年（1778年），六世班禅为了国家的统一和民族团结的大业，为了感激中央政府对西藏领导人的信任，主动决定进京参加乾隆皇帝七十大寿庆典，并于1779年6月17日率三千人起程，历经一年又一个多月，到达承德避暑山庄。乾隆皇帝为六世班禅的到来做了精心准备和周密的部署，特地在承德仿效扎什伦布寺建了须弥福寿寺，占地近六十亩，作为六世班禅的驻赐之地。"须弥福寿"就是藏文"扎什伦布"的汉译词，多么美丽的名字！乾隆皇帝自己还突击学习了藏语，准备和六世班禅用日常藏语直接交谈。六世班禅大师在承德参加了乾隆皇帝的七十大寿庆典的全部活动，由于在客人中他的级别最高，常常处在"代表者"的地位，领头向皇帝致颂词、念无量经、献珍宝书画，并给皇帝施无量佛大灌顶。六世班禅在承德待了一个多月，过得非常充实，得到乾隆皇帝大量赏赐。在离开承德前往北京的时候，他特意留下了随从的二十名后藏僧人向内地喇嘛传习后藏经律。他所有的活动都详细地记载于皇家档案《清高宗实录》和《六世班禅朝觐档案》中。

六世班禅抵达北京之前，乾隆皇帝早已为他装修好了北京安定门外的西黄寺，这里在顺治皇帝时曾成为五世达赖的驻京赐地。六世班禅的到来，使西黄寺再度辉煌。六世班禅到达后受到隆重接待。乾隆皇帝第一时间在南苑接见了他，并数次在紫禁城内会见他，多次隆重赏赐礼物，并在保和殿赐宴，共赏满族舞蹈。六世班禅非常高兴和满意。他不辞劳苦连续走访北京各大寺庙，弘法传经。乾隆皇帝特意在香山静宜园内为六世班禅修建了藏式夏季驻赐地，命名为"宗镜大昭之庙"，简称"昭庙"，并决定亲自与六世班禅共同出席其开光大典。六世班禅在昭庙逗留了四天，做了大型法会。当年九月二十六日乾隆皇帝亲临西黄寺和六世班禅相见，并一起观看舞蹈。十月二十八日乾隆皇帝请六世班禅去雍和宫讲经说法，他自己出席并听讲。

回西黄寺后，六世班禅被诊断出患天花。第二天乾隆皇帝亲自去西黄寺探视病情。十一月初一，六世班禅发高烧，乾隆皇帝再次亲临西黄寺，送貂皮大氅，并画了一幅

《祈寿长椿图》，写了一首《写寿班禅圣僧赞》诗，为班禅大师祈寿。不料，十一月初二班禅大师在西黄寺圆寂，享年四十六岁。他的去世让乾隆皇帝极度悲伤和惋惜，曾三次亲临西黄寺吊唁，赐制灵棺、灵塔、灵龛，供养大师法体和衣冠。大师的法体舍利在西黄寺供养了一百天，启程护送返回后藏。皇帝下令用两年时间在西黄寺西侧为大师衣冠建造了一座精美庄严的衣冠灵塔，取名"清净化城塔"。这座宝塔现在保存完好，其造型、雕刻艺术均堪称是世界级的艺术精品。

在宝塔的前方有两座乾隆皇帝的御碑，左方是将乾隆皇帝那张送给六世班禅的《祈寿长椿图》，刻在一块巨大石碑正面，石碑上方是汉、藏、满、蒙四体文书的《写寿班禅圣僧赞》诗。这块石碑图文并茂，正面画一棵大香椿树，象征春天，生机盎然，树下有石，有花草，有蒲公英，等等，生动活泼，富有人情味儿，极为少见。右方是乾隆御制《清净化城塔记》石碑，立在巨大的赑屃上。正面是汉、满两种文字，背面是藏、蒙两种文字。文章高度评价六世班禅的功德，说他在大好时机到内地振兴黄教，让蒙古诸藩欣喜顶戴，倾心报国，内地人也奔走皈依，为"国家吉祥善事"，"成就无量功德"。

这两块石碑保存非常完好，皆立于乾隆四十七年（1782年）十一月，距今已近二百三十年，是极为重要的历史见证物，为祖国统一大业留下了重彩浓墨的一笔。

三、昭庙石碑和牌坊额头

看完西黄寺里班禅金塔前的两通石碑之后,一定要去香山看看那里的昭庙石碑,因为,它们仿佛是姊妹篇,而且,昭庙的石碑是"姐姐"。

它们是为了同一件事而立的,那就是六世班禅的那次光彩的东行。

说昭庙的石碑是"姐姐",是因为它是在六世班禅很健康的时候乾隆皇帝为他写的颂歌,四十三天之后,大师突然意外染上天花,在京圆寂,这样才有了西黄寺的衣冠金塔和那两块碑,后者见证了他的病情和圆寂,是祈寿和盖棺论定。

纵观历史,在所有的历世达赖和班禅大师中,受到的赞誉之高之盛莫过于记载在这块石碑上的,而且永垂不朽,十分了得!

所以,它应该并且必须得到高度重视。

而且,这种赞颂是站在国家的高度,综观天下,以全中华的利益为出发点,关注国家的兴亡和社会的旺衰,从而由对一个人的重视扩展到全局,充分显示了大政治家眼光的锐利。

乾隆皇帝的《昭庙六韵》是这样写的：

昭庙缘何建，神僧来自遐。
因教仿西卫，并以示中华。
是日当庆落，便途礼脱阇。
黄衣宣法雨，碧嶂散天花。
六度期群度，三车演妙车。
雪山和震旦，一例普麻嘉。

乾隆皇帝喜欢在自己的诗词中加注解说，刻石时注解的字比正文的字略小。在"因教仿西卫，并以示中华"之间，乾隆皇帝做了详细的解说，注解原文如下："既建须弥福寺之庙于热河，复建昭庙于香山静宜园，以班禅远来祝厘之诚可嘉，且以示我中华之兴黄教也。是自谒陵至香山落成，班禅适居此庆落，又，昭庙尚卫地古式为之。卫者，番语谓中，俗谓之前藏。班禅所居后藏乃实名藏，藏者善也。"

答案一清二楚！

为什么班禅来时，乾隆皇帝要在热河建须弥福寺，同时又要在北京香山建昭庙呢？目的有二：一是为了嘉奖班禅远道来给皇帝祝寿的诚意，二是为了显示"我中华之兴黄教也"。

看看，所有这一切，都是为了"我中华"！兴藏传佛教，是为了我全中华的利益！

最后一句"雪山和震旦，一例普庥嘉"里的"雪山"是西藏，"震旦"是中国，"一例"是一统，"庥"是庇荫，"嘉"是美好。

说得明明白白，西藏是我中华不可分割的一部分，共同庇护于一片美好的天地之中。

这块石碑不得了！

不过，这块石碑目前的处境并不好，远比西黄寺那两块"下篇"差。

昭庙毁于英法联军的破坏，目前除了外围墙、牌坊之外，其余是一片废墟，这块石碑目前是挺立在废墟之中的。它立在昭庙中一个单独的小院里，只是并没有明显的标志，好在离大门不远。从地面柱基上看，原来是有碑亭的，现在，亭子没有了，石碑任凭风吹日晒，很是悲凉。

香山昭庙遗址外墙

石碑是方碑，南面刻汉文，西面刻藏文，北面刻蒙文，东面刻满文，汉文是乾隆的御笔。

这块石碑亟待妥善保护，环境要整治，亭子要恢复，要立牌说明，要隆重介绍，以昭示天下。

昭庙外面的大琉璃牌坊居然神奇地完好无缺，可能因为它不可燃吧。这是北京境内最大最漂亮的一尊琉璃牌坊，本身就是个大艺术品。

神来之笔是它的额匾上有藏文。这也是独一无二的。正面是"法源演庆"，背面是"慧照腾辉"。立于1780年，二百三十年下来，依然清晰可见，难得，难得！因为额匾是石质的，一下子就增添了两块有藏文的石碑。

四、为一棵树立的碑

离昭庙不远，仍在香山公园内，在今日的香山饭店和著名的"双清别墅"之间，有一座古庙的遗址，那就是"香山寺"遗址，里面存留着三件宝贝：一为"听法松"，是两株有千年树龄的依旧健壮的松树；二为《娑罗树歌》碑；三为乾隆皇帝自书自画的石屏。前两者都和植物有关，这很特殊，值得留意。

《娑罗树歌》碑极有情趣，特别有味道，是十五通有藏文的石碑中最具雅兴和最有品位的石碑，因为它是献给一棵树的。

极富现代意识！

奇怪的是，这块石碑很少被记载，找不到有关的描述，怪冷淡的。

亏待了它！

这块石碑体量不是特别大，但形制不错，毕竟是皇帝的御碑，有特定的规格。

碑也是四方体的，南侧刻汉文，西侧刻藏文，北侧刻蒙古文，东侧刻满文。

诗文中说，三十年前乾隆皇帝自己来香山寺时，发现寺前有一株千年古树，很茂盛，是一株娑罗树。相传，释迦牟尼是在娑罗树下得道成佛的。所以佛庙中常有娑罗树。娑罗树的树叶呈七叶状。三十多年后，乾隆皇帝再来香山时又见此树，仍然繁茂。但乾隆皇帝自感奇怪的是，在这些年中，诗已写了几万首，竟没有一首是歌颂此树者，故而有此诗歌，刻在碑上，专门要歌颂它一番。

这种对植物的尊重，对大树的尊重，难能可贵，表达了一种不光是对佛，也是对大自然，对地球的爱护和亲善，非常符合佛教的普度众生的理念，也符合中国古典哲学中"天人合一"的思想。

而且是由皇帝本人做出了表率，树起了榜样，不简单！

我想，在今日，这块碑可以成为一个天赐的好标志物，永远要受到顶礼膜拜式的尊重和爱戴。

可惜，原树已亡，不知所终。今人在碑附近补种了几株小娑罗树，上面挂着牌子，叫它"七叶树"。

盼着它们快快长大吧，好和这块了不得的歌碑相匹配呀！

五、北海的三座藏文石碑

北海北岸是藏传佛教皇家寺庙最集中的地方，一共有五座，依次由西北角向东数：小西天（又称"极乐世界"）、万佛楼、阐福寺、大西天经厂（又称"大圆镜智宝殿"）、西天梵境（又称"大西天"）。这五座喇嘛庙过去个个儿精彩，高大宏伟，辉煌灿烂，豪华壮丽。除了阐福寺和大西天经厂之间夹着一个"快雪堂"之外，北岸简直是一个庞大的喇嘛庙博物馆群。现在五座中仅有两座较为完整，它们是最东边的大西天和最西边的小西天。阐福寺主体和大西天经厂主体在1919年被袁世凯时期的一场大火烧掉。大西天经厂遗址后改为北海体育场，后又划出北海，成了另外一个单位。万佛楼于1975年被错误地拆除。阐福寺遗址和万佛楼遗址1979年被辟为北海植物园。只有万佛楼前的《万佛楼瞻礼》诗碑依然存在。

这组北岸建筑有三大特点：一是其中五分之三是乾隆时期为皇太后过生日而建；二是每组建筑前面都有漂亮而独特的"前脸"，建筑时间不同，但搭配合理，大西天前有琉璃牌坊，大西天经厂前有九龙壁，快雪堂前有铁麒麟影壁，阐福寺前有五龙亭，也是个个儿闻名天下；三是带藏文的石碑最集中，因为它们是藏传佛教喇嘛庙中的石碑。

《万佛楼瞻礼》诗碑是所有北京刻有藏文的石碑中最大、最漂亮、最有气派的一座。

万佛楼是乾隆皇帝为母亲八十大寿而建造的，头一年正值乾隆本人六十大寿，万佛楼有庆祝双生日的意思，所以万佛楼盖得极其讲究。万佛楼是一座三层的高大殿堂，底层有金佛四千九百五十六尊，中层有金佛三千零四十八尊，上层有金佛两千零九十五尊，三层共有金佛上万尊，故名"万佛楼"。乾隆皇帝曾下令文武大臣和封疆大吏各造金佛一堂，大的金佛一百八十八两八钱，小的五十八两，也都扣八十大寿的含意，是集资而来的产物，前后用了十年的时间来征集。这一点乾隆石碑的文字中写得很清楚，叫作"数计万因资众举"。

可惜，这些金佛均被侵占北京的八国联军中的日本部队抢夺得一干二净。

万佛楼碑亦是方碑，体量很大，顶和基座硕大，雕工极其复杂，层次很多，不愧是一件大型石雕精品。

现在石碑已由万佛楼前原址移至小西天的南侧，靠近

《万佛楼瞻礼》诗碑

北海岸边。

　　碑南侧为汉文,西侧为藏文,北侧为蒙文,东侧为满文,字迹依然很清晰。从它目前所在位置上看,此石碑可能是参观人数最多的,其"四种文体"会给人们留下深刻印象。

　　北海北岸的第二块带有藏文的石碑在大西天的北部,即西天梵境的后院,现在这个后院是被隔离开的,没有对外开放,由北京市文物研究所占用。这座后院里有两件宝贝:一是高大雄伟的琉璃阁,二是七佛塔碑亭。

　　七佛塔是一座非常有意思的塔,造型和内容都是堪称一绝的,天下没有第二份。它也是乾隆时期的文物,建于

1777年。它是源于六世班禅进贡的七佛。"七佛"是怎么回事，乾隆皇帝闹不明白，问僧人也不知所以，最后询问了在京的总理蒙古喇嘛教教务的国师查嘉大师，又查阅了多部佛经，才考证出来。原来佛教在印度有七佛，于是，乾隆皇帝就写了一篇论文，把这七佛都叫什么，姓什么，属于什么部族，父亲是谁，母亲是谁，徒弟是谁，儿子是谁，都一一写明，而且教人都一一刻了像，共七幅，刻在七块石板上。加上他本人这篇论文，用四种文字刻在第八块石头上，组成一座塔。塔的框架是木质的，石板镶嵌在木框中，塔基是石头的，整合起来组成一座空心的八角形塔，塔外面再加盖一个很大的漂亮亭子，叫作"七佛塔碑亭"，原来是属于大西天（西天梵境）的重要组成部分。

有乾隆文章的石板上由右起依次是汉、藏、蒙、满四种文字，竖写，汉字有蚕豆般大小，楷书，是乾隆御笔。

依逆时针方向，塔上排列那七幅佛像，看到最后，才出现释迦牟尼佛。这和想象的大不一样，甚感奇怪。但乾隆有解释："第一毗婆尸佛种刹利，第二尸弃佛，第三毗合浮佛种刹，以上三佛为过去庄严劫佛；第四拘留孙佛，第五拘纳舍牟尼佛，第六迦叶佛，第七释迦牟尼佛，以上四佛为现在贤劫佛。"有根有据，排座不能错。

说到释迦牟尼佛，乾隆写道："第七释迦牟尼佛，种刹利，姓瞿昙，父净饭王，母大清净，居舍卫城，神足二，一名舍利佛，次名目犍，侍者名阿难，子名罗睺罗。"

这可能是关于释迦牟尼佛最有权威性的"人事档案"了,真是大开眼界。

七佛刻得很纤细,画面也很丰富多彩。最顶端刻有四小块文字说明,右起依次是汉、满、蒙、藏文。背景必有树,树上必有果子,但树种各不同,佛的双手必有物。释迦牟尼佛的手中是一个大桃子,手心脚心都有花。每尊佛左右各有弟子像,都是两人,弟子像底下还各有四个人像,所有佛和弟子下面都用小号的藏文刻着名字。画面所有的空地也都充满了很写实的东西,如小羊、小鹿、小花、小草、石头、流水等等,看得出是下了功夫描绘的。画面和文字是完全吻合的,这都是人,不是神,是生活中活生生的人,只是他们都得了道,成了智者。

这种原教义的东西看着很亲切,不觉胸中升起暖暖的亲和与敬意,觉得这种佛像既是学问,又是历史,还是艺术,顿时对佛教教义有一种全新的亲近感和信任感。

这座宝塔确实不能完全开放,它经不起世俗的任何触摸和不敬,但全部封闭起来也不太妥,还是要让大家知道,这里藏着一座稀世珍宝,要适当介绍,一年哪怕开放十天半月,限量参观,也不辜负它的存在和传世。

北海琼华岛永安寺中还有一座大型方石碑,叫作《白塔山总记》,也是乾隆御笔,南为汉文,西为藏文,北为蒙文,东为满文,在中轴线的右侧,有亭子保护。外国的景点一进门一般都有接待中心,免费发放旅游简介;我们这里，老祖宗有大石碑，这个旅游简介可是不简单，是皇帝本人写的，很详细，很准确，头头是道，还有藏文、蒙文和满文，多棒！

六、五处寺庙六块石碑

第一处第一块：碧云寺里有一对石碑，立在碧云寺金刚宝座前方左右两侧。石碑各有一座石头亭子罩着，规格挺高。此碑叫《御制金刚宝座塔碑》，右侧是汉、藏两种文字并列的。左侧同样的一亭一碑，则是蒙、满两种文字并列的。

金刚宝座是一种源于印度的佛塔形式，在印度释迦牟尼悟道成佛的菩提伽耶城曾建有一座这种形式的塔，一座方台上有五座小塔。佛教传入我国后，这种形式的佛塔也开始在我国出现。北京先后建有四座：五塔寺、碧云寺、西黄寺和玉泉山妙高寺。

北京碧云寺金刚宝座塔建于乾隆年间，碑文上说：有西僧入贡，于是下令按其图纸样式建造，在碧云寺选址，高度、广度都适合。原本这种塔是供藏佛的舍利齿发的，以便后人崇奉。而建此塔则是为了显示佛的威德，人天瞻仰，佛如日当天，有神力加持，可排除一切劫难。

第二处第二块：在香山附近，在团城演武厅之南，有一块《御制实胜寺碑》，是乾隆十四年（1749年）立的，记载了一段历史，具有很高的史料价值。这块碑是另一种典型，它和宗教无关，和庆典也无关，只承载历史。

实胜寺已不存，但实胜寺碑尚存，而且完好，有华丽的碑亭庇护，虽处荒郊，亦神采奕奕。只不过上不着村下不着店，孤零零，立在一片桃林中。

乾隆十二年（1747年）四川大金川土司莎罗奔侵犯邻近土司，并杀伤官军。清政府派兵攻打大金川。久攻不下，只因对方有碉可守。此时，出现了"以碉攻碉"之说，建议清军也筑碉。乾隆以为这是下策。回想，清初，旗人常用云梯登城取胜。于是下令在香山一带建筑石碉。选战士练习攻碉，不到一个月，练得精兵两千人，派至前方，大获全胜。于是敕建实胜寺，并在寺左右建房，驻扎新建的健锐云梯营。这就是历史上的"大金川之役"。是乾隆皇帝得意的十大武功之一。

昔日的六十余座石碉今日在香山一带只依稀可见一二，然而这块石碑却永久地铭记了这段历史。看了石碑之后再抬头向远方看那残存的石碉，历史仿佛又回到了眼前，结结实实觉得时日的悠远和缤纷。

这块实胜寺碑体量也很大，高丈余，四方，有四种文体。夕阳时分，迎着阳光的恰是刻藏文的一面，格外抢眼。

第三处第三块：颐和园后山原本有一大片藏式建筑，

其东端有一组建筑叫"花承阁",是藏传佛教寺庙,大部分毁于英法联军战火,唯独一座多彩琉璃佛塔仍在遗址上高耸于林木之中。塔下面有一座小石碑,是《御制万寿山多宝塔颂》,也是乾隆皇帝的御笔,一面是汉、满文,另一面是藏、蒙文。这块小石碑的保护条件较差,位置也不好,需要加大保护力度。

第四处第四块:万寿寺中路第二进里有一对石碑,右侧正面为汉、满两种文字,左侧正面是藏、蒙两种文字,刻的是《敕修万寿寺碑记》,由乾隆皇帝撰文,由大学士梁诗正书丹,碑的背面都是乾隆的亲笔诗句。碑文的大意是乾隆为了庆贺其生母皇太后六十大寿,特重修明代寺庙万寿寺。万寿寺恰好位于紫禁城和畅春园之间,名字又是"万寿",很吉利,故而重修,祝愿母亲万寿无疆。

第五处第五块:雍和宫里,雍和门殿和雍和宫殿之间有一块重要的大四方碑,高六点二米,每面宽一点四五米,上刻乾隆皇帝的一篇重要政论文章,题目叫《喇嘛说》,并建三丈五尺高的正方形碑亭以护其碑。碑北是汉文,西为藏文,东为蒙文,南为满文。

此文篇幅较长,正文有六百七十一字(大字),注释有一千四百八十九字(小字),落款十九字,共两千一百七十九字,都是乾隆御笔,写得工整漂亮。

此碑被称为"泄露天机"碑,中心意思是兴黄教是为了安抚众蒙古。最重要的是下面这段话:"各部蒙古,一心归之,兴黄教,所以安众蒙古,所系非小,故不可不保护之。"

乾隆指出:其祖父康熙皇帝兴黄教,兴藏传佛教,又称"喇嘛教",并不是只为西藏,重要的是为蒙古。兴黄教,可以安定众蒙古部,非同小可,涉及国家兴亡大事,不可不保护。

这便是天机。

此外,此碑还有两个重点:一是对西藏僧人要赏罚分明,"皈道法之人则嘉之,悖道法之人则惩之",对"妨害国政"者,"按律治罪",直至"剥黄正法",实行斩首;二是实行"金瓶掣签"制度,避免私相传袭,把决定达赖、班禅接班人选的大权由西藏地方集中到清朝中央,明确了西藏地方政府与清王朝的从属关系,成功地完成了西藏历史上的重大政治改革。

看,如此重大的政治举措和方针政策,都直接铭刻于石,公之于众,毫无隐瞒,真不愧是透明之至啊!

透明的石头!了不起的石头!

第五处第六块:雍和宫还有两块石碑,叫《雍和宫碑文》,在雍和宫门殿之前的广场上,西侧的是藏文、蒙文的,东侧的是汉文、满文的,是乾隆皇帝写的建雍和宫的经过,说的是康熙三十三年(1694年),此地是皇四子胤禛的府邸,雍正皇帝继位后三年(1725年)改为行宫,名"雍和宫",乾隆九年(1744年),正式改为藏传佛教寺院。

七、真是好教材

寻访完北京十五块刻有藏文的石碑,头一桩飞入我脑海中的想法就是,这真是一组绝佳的好教材!

教育谁?怎么教育?

根本不用说什么话,只需将那些不明真相的人带到这批石碑面前,让他们自己看,我想,他们一看立刻就会明白。

明白什么?

明白:噢,闹了半天,西藏自古就是中国不可分割的一部分;

噢,藏传佛教在北京原来竟是那么受尊重和受重视,而且在安邦立国上的确是那么重要;

噢,西藏杰出的宗教和政治领袖,像六世班禅,在历史上原来是那么拥戴和亲近中央政府;

噢,藏文在北京原来是那么常见,而且地位显赫,蒙文和满文不足为奇,因为中国历史上有元朝和清朝,蒙古人和满族人都当过全中国的统治者,可是藏文就不同,它只是一个祖国疆土中西南边疆的一个少数民族——藏族的文字,却能在北京有这么高规格的待遇,数量又那么多,这只能说明:藏族人早和祖国大家庭是一家人,西藏地区早就是祖国大地的一块重要版图，要不然，中国皇帝的每一篇重要文章或者题辞，怎么都会有藏文的译文，怎么都会堂而皇之地频频刻凿在首都北京的最重要的石碑上！

总之，看见这些石碑，不管是什么背景的人，自然会明白西藏大体是怎么回事，会幡然醒悟，不用死乞白赖地说明。这多好啊，这就是好教材的威力。鉴于此，我们的确应当好好保护和利用这些美妙的石碑。办法是：

要提到应有的高度，认定它们是不得了的好教材，有着巨大的政治说服力和感染力；

要成为系列，不是孤立一个一个的，而是将它们串成专题，当作手中的一张好牌来打，属于爱国主义教育的重头戏，也是对外宣传的好阵地；

要千方百计保护好，订出整改规划，快速去办；对特别珍贵的石刻要认真研究一套切实可行的保护和开放办法；

要特别标明出来，树立非常醒目的牌子，用科学、准确、通俗的语言加以说明；要有外语翻译；

要让媒体宣传出来，让更多的人知道其存在和价值。

盼着北京这一组藏文专题的好石碑再度辉煌，放出应有的耀眼光芒，让所有见过它们的人为之惊叹，为之折服。

好好地善待这十五块有藏文的石碑吧！它们真的很好，特别好！

藏式建筑——京城的精彩

北京有不少知名的藏式建筑，有的已是北京城公认的标志物，如集印、藏、汉风格于一体的白塔寺白塔和北海白塔山上的白塔；有的则是著名的名胜古迹，如五塔寺里的五塔金刚宝座和碧云寺里的五塔金刚宝座；有的是皇家寺庙的主殿，如雍和宫的主殿法轮殿和福佑寺的主殿大雄宝殿，这些建筑物都有明显的藏式风格，是藏文化在内地传播的不朽见证和永恒载体。

还有两处藏式建筑，远没有上述诸点那么有名，或者是因为没有对外开放，或者是被外国侵略者毁坏而恢复较迟，总之，至今不太为人知，甚至全然默默无闻。

然而，这却是两处应该大书特书的地方。因为它们都是非凡的！

一、颐和园后山的藏式建筑群

这是一群建筑，整整一大片，并不只是个体的存在，是一个整体构思，有通盘考虑，规模很大。

这很不简单，绝不能小看。

它在颐和园的后山上。

人们对颐和园万寿山的前山很熟悉，那里有排云殿、有佛香阁、有智慧海，依次而上，一整套，其中佛香阁更是整座颐和园的标志物。

翻过山去就是后山，是山的北坡，即阴坡，明显冷清多了。那里虽然有好东西，而且名堂挺多，知名度却不高，游人相对要少很多。

这里藏着一大片藏式建筑，风格和前山迥然不同，宛如两个天地。

原因是这里也遭到了英法联军的破坏，很长时间都是一片废墟，在慈禧重修颐和园时，受财力所限，后山基本未修复，只修了一座大佛殿，还是偷工减料的。直到近二十多年才慢慢开始对后山进行修整，不过到目前为止并未恢复到当初的规模和格式，其完善程度倒不如后山山根的"园内园"苏州街，那里的商业性运作让它更受重视，

颐和园后山上的藏式建筑群全景

反而占了先。

但是，真正重要的是后山的藏式建筑群。

这是一座皇家寺庙，建于乾隆年间，1755年前后，下半部是汉式佛寺，有三个平台，一台高于一台，第三台上建主殿须弥境，以高高的金刚墙划界，墙后是宏大的喇嘛庙，主殿是香岩宗印之阁。庙的总体形式和承德外八庙的普林寺后半部相同，是仿西藏最早的桑那寺而建。

香岩宗印之阁象征佛居住的须弥山，四周建四大部洲、八小部洲、日殿、月殿、四色塔。这是一大群有机组合的藏式建筑，呈"丁"字形依山而建，错落有致，有节奏感和跳跃性，十分别致。最东面还有一组喇嘛庙，叫"花承阁"，其中心是一座十六米高的七彩琉璃宝塔，是颐和园中有名的"园中园"之一。

藏式建筑群的最中心是香岩宗印之阁，原为三层的建筑，是后山上最高的建筑，重修后只有一层。其最北端是山门，改建为南瞻部洲，现在的基础是长方形，左边（西侧）有两座小部洲和一座红塔。香岩宗印之阁的南部上方，右侧有西牛贺洲，现在的基础是椭圆形；左侧是东胜神洲，基础是半月形。再上一层，中轴右侧是日殿，远处是第五座小部洲；左侧是月殿，远处是第六座小部洲。又再上一层，右侧是白塔，左侧是黑塔，南部最上方，中轴位置上是北俱芦洲，现在的基础是方形，右侧是第七座小部洲，左侧是第八座小部洲。

四大部洲在佛经中有很多含意，其中有象征世界东、南、西、北四块大陆的意思，八小部洲是周围的八个小岛。塔则是储存佛经和圣物的。加上日殿、月殿和须弥山，整个宇宙都在其中了。

这就是完整的圣境了。

这些藏式建筑，最明显的标志是四个：1. 所有的窗都呈梯形，外有白框；2. 房脊上都有藏式的小宝塔，少则一个，多则数个；3. 四色塔的塔体都是典型的藏式，上部是法轮组成的锥形，下半部是覆钵体；4. 小部洲都是藏式的碉房，顶是平的。这些特征表现得很突出，很明显，明眼人一看，就知道是藏式的，极有个性。

在北京著名皇家园林中有这么一大片藏式建筑，不可

红塔和八小部洲之一

谓不是一个奇迹,堪称神奇。

现在,颐和园有北宫门,进去,过一座小桥,就是这一组喇嘛庙了,有非常明显的中轴线,自成体系,十九座藏式建筑错落有致地分布在整座北部山坡上,一直到山顶,蔚为壮观。

这绝对是北京最为独特的一景!

最东边的花承阁目前并未恢复,有四样东西尚存:一是七彩琉璃宝塔;二是乾隆皇帝的《御制万寿山多宝佛塔颂碑》;三是高三丈的半圆形的平台,直径六十米,上面原有三十七开间的游廊，廊已毁，但柱基仍在；四是当院有一块奇石，架在一座十分精致的大型石座上，其雕刻图案极美，是个罕见的艺术品。

从香岩宗印之阁的历史地位、艺术水平、稀有程度和规模上看，目前的状态实在是淹没了它们的价值。

为此，首先应当彻底重建，在现有基础上继续完善，按原样填平补齐。大殿由一层恢复成三层，内部都要重新装饰，四大部洲、八小部洲内部都要打开，花承阁也要重建。工程量可能并不很大，只要提到日程上就是了。

其次，可以改用为"北京西藏博物馆"，或者"中央西藏博物馆"，要把这些藏式建筑真正用起来，不能只是一堆空壳，建成在北京的西藏展览博物馆是再恰当不过的了，因为有好房子，有好规格，也有好环境，又有历史，只需把有时代气息的新内容添加进去就成了，可以全面地、长期地介绍西藏的地理、历史、文化、宗教和五十年的变迁，还可以展出照片、文物，成为一座名副其实的西藏专馆，注定是一个联系西藏地方和祖国大家庭的纽带和宣传介绍西藏的好园地。到那时，颐和园后山将成为一个对全世界的人都极有吸引力的好地方。

总之，要足够估量、完善和利用颐和园后山上的藏式建筑群，它对维系祖国统一的民族大业有不可估量的作用。

换换脑筋思维，原本默默无闻的，说不定，能一下子大放光芒！

二、西黄寺清净化城金塔

北京安定门外西黄寺西侧，现在的中国藏语系高级佛学院里，藏着一件稀世珍宝，即六世班禅大师的衣冠金塔，是乾隆皇帝于1782年精心打造的。这是一件世界级的艺术精品。在同类型的五塔金刚宝塔中，在国内外，论其精美程度，当属第一名，虽然其体量不是特别大。

它的名字叫"清净化城塔"。

因为所在地没有对外开放，一是保护得非常好，毫发未损；二是不为人所知，完全没有名声。

我特地去考察了一番，已在另外的文章中介绍了塔前的两块御碑，将它的来龙去脉写清楚了。

这里只介绍塔本身。

此塔的精彩之处在主塔。四角边上的小塔是刻经的。功夫全下在了主塔上，完全是个石刻的大展览。

主塔的核心部分是一组有关释迦牟尼佛的系列浮雕，全组共八块，顺时针排列在塔周，依次是成孕、诞生、出游、修学、得道、传法、降魔、涅槃。

我粗略地数了数，全图中共刻有人物一百一十三位，其中以出游、涅槃两图为最多，均各有二十多位。人物尺寸并不大，头颅有核桃般大小，但雕刻得很精细，眼、眉、鼻、嘴都极富表现力，刀法上属于高浮雕。由于选用石材质地非常好，石刻画面至今没有明显的腐蚀和剥离。

这是一份以佛为主人公的石头连环画，装帧形式又极其庄严隆重，等级特别高，竟以一座大塔为载体。作品的发起者是乾隆皇帝本人，受礼者是六世班禅大师。这种组合是绝无仅有的，当然也是空前绝后的。

石头连环画的顶部有莲花座，莲花座之上是塔阶，分四面，每面呈正方形，四角还各有三折，面面都雕有云纹，云纹中各有八尊佛像，四面共有三十二尊佛像，塔阶之上是很大的宝瓶，其中心还雕有三尊大的佛像，合起来就是佛经中的十方世界里的三十五佛。宝瓶四周还有八大菩萨的立像。宝瓶之上是塔刹。塔刹有十三层法轮，有花瓣宝伞，有宝莲。宝伞、宝莲和两旁的莲叶垂带皆镏金，要用几十斤黄金，效果就是白石之上有金光灿灿的塔顶。石头连环画之下是塔基。塔基上居然雕有十一层装饰图案，内容是一层凤凰、一层狮子、一层蝙蝠、一层花、一层莲等等，十一层之下最底面是一层花朵和一层海浪垫底，这种结构真是集装饰之大成，没见过还有能比它更周密细致的了。五塔的总体结构是印度的菩提伽耶式，其中主塔的形制是藏传佛教式的，而塔上的花纹装饰和图案造型则是汉式的。印、藏、汉，三位一体，融会贯通，达到了清代造塔艺术的顶峰，为世界增添了一座建筑艺术的杰出作品。

　　清净化城塔周围的所有建筑物上都有梵文的六字箴言，多得不计其数，磕头碰脑比比皆是，这又是一大特色。

西黄寺清净化城塔的五塔全貌

北京能有像颐和园后山上的藏式建筑群和像西黄寺清净化城塔这样的集印、藏、汉风格于一体的佛塔，真是北京的福分，如果再好好保护和巧妙地利用，则更是一步难得的民族团结共荣的好棋。

表面是藏式建筑，透过形式看内容，先让形式上的精彩把看客感动了，然后让看客自己慢慢去想，可以想得很深、很远，这就是由表及里的过程。

不妨制订个规划，譬如用上三年的时间，把颐和园后山上的藏式建筑彻底大修，按历史原貌填平补齐，内部"修旧如旧"，并开始布展，把有关的西藏展览常年地放在那里；再把西黄寺清净化城塔也开放，当然是在严格保护的情况下，加护栏，塔下部加透明通气护罩，加中外文说明。这样，在北京，一下子就多了两个有关西藏的又大又好的景点：一个是皇家园林中的西藏建筑群和最权威的西藏展览；另一个是西藏最大的活佛之一的衣冠金塔，同时它又是世界上最壮丽的石雕艺术杰作之一。

总之，这种动作应该既是历史的、长远的，又是现实的、今世的。

这是在北京的两个了解西藏的窗口，古老，又擦拭一新，还特别有品位，不说教，很正面，难得啊！这样的窗口，真是神来之笔，静静地看，能在陶醉中领会一个真实的西藏。

在山野中看北京长城

我有幸在北京境内到过多处长城景点,包括最东北方向的司马台,正中的黄花城,以及怀柔境内的河防口、慕田峪、连云岭长城,最西北方向的白河口长城,昌平境内的八达岭、居庸关,还有最西部的黄草梁。

巧了,这几段长城几乎包容了北京长城里最精彩的段落,也包括了长城不同时期的代表,既有明代之前的段落,也有明代晚期修得最好的段落。从而让我了解了长城的丰富性、悠久性和雄伟博大之处。

其实,阅长城者大可不必一定都要到八达岭去,只要留神看,特别是在北京正北方向,现在交通发达,车辆也方便,驶近北山时,长城往往随处可见,而且,是以一种突显的方式,出其不意地"跳"入眼帘,吓人一跳,给人带来巨大的惊喜:长城竟然这么近!在北山上,长城居然这么随处可见,真没"架子"!真亲切!用不着到处刻意去寻找,它会送上门来,多"随和"呀。

这就是在北京赏长城的方便和快乐。

赏长城，要到山野中去。

最理想的，是在怀柔境内。

一不必去已经修缮好的长城段，那儿往往太"新"，二不必去已被确定为旅游点的长城段，那里往往太"挤"。

随便找一段"野"长城，顺着羊肠小道攀登上去，必有大收获。

当然，要抱着强烈的保护意识，很敬畏地去接近，不准破坏，不准捡长城砖，不准刻画，不准乱扔垃圾，否则，宁肯别去。

在山野中赏长城有四大好处：

一是人少。也许就剩下你和你的朋友，伴你的是天、是山、是野草、是飞鸟，还有长城，十分专一，十分单纯，宛如专场。二是非常沧桑。满眼荒凉，脚下全是残垣断壁，破砖乱石，一下子能进入历史。三是视野之内只有长城是主角。如果选点和视角找得好，四面八方全是长城，墙体随山势起伏，若隐若现，低处中断一段，在远方高处又冒出来一段，随山脊迤曲，直到消失在天边，往东看如此，往西看也如此，往北看还如此，甚至还有东西南北四墙交会之神景。你的眼界所到之处，全是长城的绵延，你会由衷地感到伟大，惊叹不已，五体投地地佩服古人的艰辛和胆魄，由衷赞叹长城真不愧是人间奇迹。四是就近能看见许多长城建筑单元和细节，包括材料的不同、功能的不同、工艺的不同、结构的不同、年代的不同、地势的不同、内容的不同等，脚踏手摸眼见之中，"长城"一下子由死的变成了活的。原来，它是那么内涵丰富，它是那么结构复杂，它是那么建造艰难，它是那么造势庞大，它是那么设计精细！这一切都出乎你所有的想象力，让你完全目瞪口呆，让你打心眼儿里敬佩万分。这是一种真正的亲身体验的神奇和特效，宛如发现新大陆。

在北京的正北方向，是北京的北大门，那里又有明代皇帝的陵墓，是重点防范之区，所以那里的长城也是最下功夫的，左一层右一层，里一层外一层；有外长城，有内长城，有头关，有二关，有三关，有无数敌楼和碉楼；有

野长城之一

关城，有宽的，有窄的，有单墙的，有峭壁上的，有低谷中的，还有跨水的，而且重复得很，绝不是想象中的单层之物，而是失守一墙还有二墙、三墙，甚至有四墙等在那里。有的地方，极险要，长城骑在狭窄的山脊上，除了墙体之外，竟再也容不下一双脚，叫作无立锥之地。有的地方陡上陡下，恨不得呈七十度角，呈真正的拔地而起状，要爬上去必须手足并用。到了这种地方，首先想到的是，当初怎么修的啊。没有现代运输工具和机械呀，就是有，也搬不上去。城砖一定要靠人背扛，甚至靠山羊往上驮。这种地方一定没打过仗，部队上不来啊，它绝对是一种纯粹的威慑力量。物质的变精神的，也是一种力量，也是辩证法。这是长城以线状连在一起的必要性之一。

北京长城还有一个特点，它往往是北京界限的交界线，在东北角、西北角，出了长城就是河北省，在那里长城是市界。但在北京正北方向，如在怀柔，不是这样，长城在那里的位置是很"腹地"的，翻过北山，跑很远才能出北京到河北。我有点儿明白了，当初，在平谷、在密云、在延庆、在门头沟等县区，确定市界的某些依据究竟在哪里了，这也是历史。

我很想找到北京境内最老的长城。据调查，大概只剩下总长十分之一多一点儿的长城是明代之前的。有不少明长城的走向是和明代之前相吻合的，是在后者基础上改建加盖的。明前长城，譬如，燕国的，现存可以在延庆、昌平、门头沟西部边界附近看到一点点，是碎石砌的，已经连不成线。我还走过一段只有半米高一米五宽的古长城碎石残体，由残存高度可以看出，它一定是很老了。在上面走一走，很艰难，易崴脚，但确实有沧桑感。

北京长城确实有过不少历史故事，不像别的地段，这里确实打过仗，确实起过作用，也确实被攻破过，像明代的"庚戌之变"。在北京看长城，仿佛真能听见古代士兵的厮杀声，仿佛真能看见鲜血和寒骨。这也是北京长城的魅力之一，能让人思古为鉴。

当然，你会感叹长城真正的缔造者——历史上无数劳动先烈的伟大。

最后，你还会明白，为什么说，长城是中华精神的象征和中华文明的化身。

为了这个，也该到山野中去看看北京长城，随便找哪一段吧。

塞外胜境承德
——一个最有象征意义的地方

我以前没到过承德，只闻其名，却一直未去过；去了一看，不得了，觉得它绝对是中国境内最特殊、最高级、最好看也最有价值的城。

原因是它是中华民族团结的象征。这个定位，道出了它的独一无二。形容一件东西珍贵，常用"价值连城"，而城却各有不同，承德的价值非同一般，在民族团结方面，它是首屈一指的，其重要性几乎无法估量。

一、乾隆晚年的肺腑之言

承德一般是指三个内容：一是清朝皇帝的夏宫——避暑山庄；二是外八庙，指设在关外的十二座皇家寺庙；三是高原坝上的皇家猎苑和练兵处——木兰围场。前两处已于1994年被联合国教科文组织确定为"世界文化遗产"。其实，上述三项内容是不可分的，这是一大片地方，方圆有一万多平方公里，而不是单指一座城池。承德城本身距离北京只有二百公里，在北京的东北方向，位于怀柔和密云的明代长城之外，已属塞外，原称"热河"。由北京出发过去要走七天七夜，现在大概只需两个小时就可到达，计划中的高铁建好后，则只要四十分钟。

承德有清朝康熙皇帝建的行宫避暑山庄，康熙皇帝自己来过二十一次，一住就是小半年，他的孙子乾隆皇帝则来过四十九次，也是由阴历五月初住到九月中。可见名为"行宫"，实则"陪都"，是当时整个国家的行政、军事、社会中心，实际是和北京连在一起的，是首都的一部分，其重要性不言而喻。

在避暑山庄里有一座皇家寺庙，叫"永佑寺"，里面有乾隆皇帝晚年立的一座御碑，上面刻着他的一篇名为《避暑山庄后序》的文章。此碑平常不引人注意，实际却极为重要，宛如是避暑山庄的"魂儿"。

早先康熙皇帝为建避暑山庄写过一篇《避暑山庄记》，是"序篇"，而乾隆皇帝这篇则称为《后序》，是"跋"，中间彼此相隔七十一年，其实，重要的是这篇乾隆的跋，透露了许多"天机"。

首先，乾隆透露：康熙皇帝当初建承德避暑山庄是为了"就和"关外少数民族首领的。那时,北京流行天花,关外的少数民族首领多因不适应北京气候条件,很容易感染上天花,故而害怕到北京来。康熙为了"诘戎绥邈",即为了过问少数民族的情况,并安抚他们,自己反倒主动到塞外来,这样,塞外的少数民族首领就放心了,可以就近多次拜见皇帝,接受他的询问和安抚。

其次,乾隆还透露:康熙皇帝建承德避暑山庄是要倡导一种理念,就是故意要皇子、大臣、将军、士兵经常在野外长途跋涉,风餐露宿,甚至不能及时进食,提倡"崇朴爱物",即崇尚简朴,爱惜物力。乾隆皇帝在这篇文章中有点儿批评自己的父亲雍正皇帝的意思,因为雍正执政之后,从未到过承德,一次也没有,理由是"一太忙、二喜静、三忌杀生"。但是,据乾隆说,雍正到了晚年,曾经为此检讨过,说自己不来承德是错误的,嘱咐后世子孙一定要遵从康熙的家法,多多练习武艺,到木兰围场行猎。

再次,乾隆皇帝在文章的最后非常痛心地说:其实在避暑山庄的建设上不应过于奢华,当时,由于国力强盛,避暑山庄的建设规模和豪华程度最后已经远远超过唐、宋鼎盛时期的皇家园林。他以为,这样,就会走向反面,弄不好其后代会沉溺于中而忘记一切,等于是自设"陷阱"。乾隆皇帝为此痛心疾首,说他会因此成为得罪祖先的罪人。他说自己:"今老矣,终不可不言,故书之。"乾隆皇帝这种自知之明,这种顾及国家安危的思考,这种居安思危的防范是很有见地的。他在文章中反复倡导简朴，反复强调习武，反复号召要体恤下人，不能忘记别人的劳动，要做一个有道德的人。

这篇文章的重要性胜过他的许多诗歌，毫不夸张地说，将后者中的许多加在一起也不敌此文的分量，而且，后来的历史真的是不幸被他言中："设谏而不从，或且罪之者，则是天不佑我国家，朕亦无如之何也已矣。"（大意是：假如规劝而不从的话，或者更要加罪于别人的话，那就是老天不再保佑我们国家了，我也就无话可说了。）

真有远见啊！

以上三条，不论是单个的哪一条，还是三条加在一起，都既有历史意义，又有现实意义，都很值得研究和吸取。

第一条阐明了统一战线的重要性，民族团结是国家头等大事，要特别关心少数民族的情况，要刻意走近他们。毛主席曾说过：中国共产党的统一战线政策是学习了康熙皇帝的相关政策的。

第二条阐明了艰苦朴素的重要，阐明了在艰苦条件下磨炼的重要性，这一点不禁让人们想起了今天的部队拉练，以及在校生军训和英国伊顿公学的崇尚艰苦的校风等等，这些都可以举一反三的类比。总之，越是条件优越，越要故意反其道而行之，以期锻炼意志，养成尚武和纯朴的坚毅性格。这一点，对当今的儿童教育尤为重要，不可以养成温室的花朵，不可以娇生惯养，不可以整天守着电脑不活动，不可以攀比物质财富。

第三条强调居安思危是颠扑不破的真理，要时时牢记，否则反其道，那会有亡国的危险。

听其言，感到他确实人已老矣，反思起来，颇有真话不吐不快之势，可谓"其言亦善"。

整个避暑山庄的价值，除去历史、文物、环境等客观因素之外，究其精神方面的永恒意义，大概全在这块石碑上了。

绝不可小看！

二、外八庙是关键所在

从历史的角度、国家的角度看，外八庙的意义和价值，客观地说，要大于避暑山庄本身。

我以为，放在今天，一定要把看问题的视角重新界定一下，把外八庙提升到首位上来。

什么叫"外八庙"？

"外八庙"实际上是十二座承德避暑山庄周边的寺庙的简称。

称为"外"，是因为它们都建在塞外，而不是简单地位于避暑山庄之外。

称为"八",是因为其中有八处寺庙中的喇嘛的饷银当初是由国库支付的,也就是说是直属朝廷理藩院领导的,是典型的皇家寺庙,另外四处中有三处并无喇嘛,另一处是喇嘛自建的,不是皇帝敕建的。所以十二减四等于八,统称为"外八庙"。

顺便说一句,十二座寺庙中已有四座不存在了,它们是广安寺、罗汉堂、溥善寺、广缘寺,目前只剩下了八座,八座中尚有两座即殊像寺和溥仁寺暂未开放,正在维修中。不过,所存八座倒是精华之所在。

原本这十二处寺庙统统是藏传佛教的寺庙,即喇嘛庙,这是它们共同之处。

虽说都是喇嘛庙,但只有一处是汉式建筑,其余的都是藏式,或是藏式和汉式相结合的,无论就其建筑形式还是来源来说,都大有讲究,大有说词,大有故事,大有学问。

这里面,一个是模仿西藏前藏拉萨的布达拉宫而建,此庙叫"普陀宗乘之庙",俗称"小布达拉宫";一个是模仿西藏后藏日喀则的扎什伦布寺而建,此庙叫"须弥福寿之庙";一个是模仿西藏最古老的山南三摩耶庙而建,此庙叫"普宁寺";一个是模仿新疆伊犁固尔扎庙而建,此庙叫"安远庙",又称"伊犁庙";一个庙的主殿外形是模仿北京天坛的祈年殿而建,里面供有大型立体的西藏曼陀罗,其主佛属于羯摩曼陀罗的上乐王佛,俗称"欢喜佛",此庙叫"普乐寺"。

普宁寺中的塔和八小部洲

这五座庙全部是依照边远少数民族地区的寺庙而建的，仿佛把五座西藏地区和新疆地区最著名的寺庙搬到了一起，克隆到了内地，集中在塞外，建在了皇帝的眼前，使之成为皇家寺庙，有着至高无上的地位。

除了这五座和西藏地区、新疆地区、蒙古地区直接有关的寺庙之外，外八庙中还有一座仿五台山的殊像寺而建的殊像寺，一座仿浙江海宁安国寺而建的罗汉堂，以及一座以戒台为主体的广安寺。这八座寺庙实际涵盖了东、西、南、北、中全部国土，即东（罗汉堂）、西（安远庙）、南（普陀宗乘之庙、须弥福寿之庙、普宁寺）、北

（普乐寺）、中（殊像寺）的全部，颇富象征意味。

所以说，承德的外八庙是中华民族团结的象征，是我大中华统一的象征，一点儿也不为过。

不得了！

具体地讲，我以为外八庙的意义有九，而且都围绕一个主题——民族，姑且称为"九绝"吧：

一绝：以藏传佛教喇嘛教为核心，将国土最偏远的地方，包括拉萨、日喀则、伊犁的宗教建筑，奇迹般地再现于祖国的心脏地带，从而震惊了国人，也感动了世界。它雄辩地证明了西藏和新疆自古就是中国不可分割的一部分，西藏、新疆的少数民族和祖国大家庭的其他兄弟真是亲如一家。

二绝：这五座各具神采的少数民族风格的寺庙为中华民族大家庭内部的交流提供了一个绝妙的舞台，这座舞台虽然设在内地东部，却又在塞外，既边缘又核心，而且从气候到海拔，仿佛天然地还是少数民族习惯的环境，来往方便，少数民族还没有易染天花的顾虑，来了之后，既能觐见皇帝，又处处都是神圣的佛土，可以整天念经拜佛，不亦乐乎。不论是定期轮番前来，还是应召前来，或是自动愿往，或是干脆迁来永住，都是快乐的，幸福的。搭建民族团结彼此交流的大舞台是闪烁着中国特色的一个绝招，试看，满街身着少数民族服饰的人，五颜六色，满嘴自己的民族语言，熙熙攘攘，这是何等有趣的景象。大概是几千年来从未有过的繁荣和进步，不愧是一个和谐的祖国大家庭的缩影，充分显示了少数民族地方政权和中央政权的密切关系。

三绝：这些寺庙专门负责接待的人并不是单一的，而是多方位的，其中有西藏人、蒙古人、维吾尔人、塔吉克人、哈萨克人、柯尔克孜人等多个少数民族，民族成分繁多，而且来自全国各地，极其形象地展示了中华大家庭的多民族性，生动地展现了中华文化是多个民族共同缔造的不争事实。

四绝：外八庙的存在雄辩地说明清朝康熙皇帝、雍正皇帝和乾隆皇帝的民族统一战线政策是既正确又有效的，他们的雄才大略，他们的尊敬和善待少数民族的精神，以及他们的具体的奖惩分明、恩罚相间的民族政策绝对是一份珍贵的历史遗产，早已为今日的民族团结奠定了雄厚基础，从这个意义上说，外八庙是一曲有光荣历史的、辉煌的民族团结的歌，它是一种伟大思想的活样板。

五绝：把五座最著名的又完全各不相同的喇嘛寺集中在了一地，这是一个特别的闪亮点。大家知道，汉传佛教的寺庙建筑往往雷同，从布局到建筑物，莫不如此。而这五座喇嘛庙却是那么有个性，一个比一个特别，彼此完全不同，布局特别，建筑特别，主佛特别，所有的细节都特别，令人目不暇接，惊讶万分，由惊奇而倍感敬佩，它是藏式建筑光荣的博物馆群，却设在了内地。特别要提到的是，普宁寺大乘之阁中的主尊佛是千手观音，全高二十三点五米，目前是世界上最大的金漆木雕千手千眼观音菩萨；安远庙一层的主尊佛是绿度母，三层上主尊佛是大威德金刚；普宁寺和安远寺主殿四壁皆有精彩的佛教壁画，是反映民族文化大交融的佳作，壁画均基本保持完好；普宁寺的主尊佛是上乐王佛双身铜像，主臂拥抱明妃金刚亥母裸体；普陀宗乘之庙的万法归一殿的主尊佛是释迦牟尼佛；殊像寺的会乘殿和清凉楼中的主尊佛都是文殊菩萨；须弥福寿之庙的妙高庄严殿一层正中供的是释迦牟尼佛像，其前方供的是藏传佛教格鲁派（黄教）祖师宗喀巴大师……总之，各庙主尊佛各有偏重，全面而周到，集佛教诸佛之大全，内容博大精深。

六绝：五座喇嘛庙都位于承德北部和东部的小山上，形成半环围拱之势，个个儿倚山而建。如果站在平地上，或是对面的山上，远远望去，有奇妙的整体印象，在外观上已经先声夺人，给人一种极其庄严神圣的印象，甚至是敬畏的感觉，这是一种量变到质变的奥妙，也是物质变精神的一个典范。

七绝：普陀宗乘之庙有大金顶，有宏伟的高十八米的大红台，有高二十五米的大白台；须弥福寿之庙也有大金顶，而且有八条金龙，各一吨重；安远庙有琉璃黑瓦顶；普宁寺和普乐寺则各有黄琉璃瓦顶，这些组成了一种颜色的大汇展，而且气派高贵，远看有远看的意境灵感，近看有近看的体验感受，特别是在阳光的照耀下，光芒四射，显然是大手笔的制作，有多元、多彩设计的艺术效果，这是任何一处别的地方都没有的，因此是独一无二的视觉胜地。

八绝：这五座寺庙建设用料品种之多，用料质量之精，用料价值之贵，都是首屈一指的。普陀宗乘之庙和须弥福寿之庙的两个大金顶的鱼鳞铜瓦表面，不是贴金，而是两次镏金，各用了一万五千多两黄金，至今光彩夺目，这也是在全世界独一份的精彩绝活。

九绝：这五座寺庙的布局设计都各自极其复杂，既独特又庞大，有高台，台上有大殿，有回字群房，错落有致，既规整又活泼，一环套一环，处处有玄机，深不可测，而且能因地制宜，注意和大环境协调，民族特点非常突出，明显不同于汉式建筑。它们的奇思妙想，它们的别开生面，它们的精妙绝伦，它们的多变和多姿，都是令人叹为观止的，可以进入经典系列，应该被评价为建筑界的艺术瑰宝，是建筑界的世界级的永久博览会。

这"九绝"，集中展现在承德的五座伟大寺庙里，构成了难得的唯一存在。一句话，你永远不可能在其他任何一个地方找到一个能和它相媲美的地方。它的唯一性造就了它的伟大和不朽，而它的主题却是"中华民族团结"这个大题目。

一个小地方却能成为这么大的一个题目的象征，的确是神来之笔，有着意想不到的神奇效果，不愧是人间奇迹。

三、二十块带藏文、蒙文的石碑

2009年7月我撰写了题为《京城十五块有藏文的石碑》和题为《藏式建筑——京城的精彩》两篇文章，在报刊上发表时合并为一，题目是《见证亲密》。差不多相隔一年，沿着这个思路，我到了承德，再一次寻访带藏文、蒙文的石碑，结果收获巨大，在承德共发现了二十块带藏文、蒙文的石碑。这个数字表明，承德此类石碑比北京还多，而且还不包括围场的在内。

承德的带藏文、蒙文的石碑大体是两种类型：一种是石质的门额，或者是牌楼上的石匾额；第二种是巨型的石碑、立碑或卧碑。前一种均属名称匾，比较简单，用四种文字，即汉、满、蒙、藏文刻在一块长条形的扁石料上，其中汉字都是乾隆皇帝的御笔。属于此类的石匾承德一共有九块，它们分别是"普乐寺""普陀宗乘之庙""须弥福寿之庙""殊像寺""安远庙"，普陀宗乘之庙的琉璃牌楼上的"普门应观""莲界庄严"，须弥福寿之庙牌楼上的"总持佛境"等。第九块最为特殊，是避暑山庄主门丽正门上的石匾额，上面居然是用五种文字撰刻的，除了汉、满、蒙、藏文之外，还有维吾尔文，这是全国唯一一块有五种文字的石匾，实属罕见和难得。

附带说一句，与这些石匾类似的，承德还有一大批木质的云龙陡匾，大都悬挂在殿堂的正门上方。数一数大约有九块，都是长方形，竖写，金字蓝地，也全是四种文字的。

重点显然是在那十一块带藏文、蒙文的巨型石碑身上，每一块上都用汉、满、蒙、藏四种文字刻上一篇皇帝的重要文章，篇篇都有极大的史料价值。原因是这些文章的内容全部都是涉及少数民族的，既是纪实性的文字，又有政策性的阐述，其离不开的主题宗旨可以归结为"绥靖荒服，柔怀远人"。安定边疆，安抚地方的人民，"俾之长享乐利，永永无极"，使他们能够安居乐业，永远享受幸福和快乐。

承德带藏文、蒙文的石碑和北京的四体文字巨型御碑不大相同，北京的石碑内容大部分是涉藏的，承德的御碑中涉藏的只有一块，大部分是涉疆、涉蒙的，后者共有八块。所以，此两地的乾隆石碑因所立年代不同，重点也各有侧重。承德的侧重点是西部新疆和蒙古诸部。

细细分析起来，分布在外八庙里五座喇嘛庙中的九块石碑，除去乾隆为承德城隍庙题的碑之外，剩下的八块石碑，如果抹去表面上的缤纷打扮，实际上是讲了五个完整的民族团结故事。

第一个故事是关于土尔扈特蒙古部归顺的故事。

蒙古民族在清朝的时候大致分为三大部：第一部叫漠南蒙古，又称"内蒙古"，在雍正时期已归顺后金；第二部分叫漠北蒙古，又称"外蒙古"，又称"喀尔喀"，它又分为四个部，在康熙时期都正式列入了清朝管辖范围；第三部分叫漠西蒙古，又称"厄鲁特蒙古"，又称"卫拉特蒙古"，分布在新疆西部和新疆以西巴尔喀什湖一带，他们又分为四部，包括准噶尔、杜尔伯特、土尔扈特和硕特四部。其中土尔扈特在最北边。在康熙时期这个漠西蒙古即厄鲁特蒙古问题最大，战乱不断，给西部边疆制造了不少麻烦，是康熙皇帝、雍正皇帝和乾隆皇帝的一桩心事。

说到土尔扈特蒙古，他们是受到其他蒙古部的排挤和欺侮的，当时早在一百年前就被迫远走俄罗斯，到了伏尔加河下游。到了乾隆时期，其首领叫"渥巴锡"，遇到了三个难题：一是俄罗斯要征调他们的子弟去打仗；二是扣了渥巴锡儿子去圣彼得堡当人质；三是要他们改信东正教。在这种形势下，渥巴锡有意摆脱异族、异教的统治，想投奔祖国，坚信喇嘛教。经过一番秘密策划，突然做出坚壁清野的决定，举族东归。走了八个月，历尽千辛万苦，行程一万多里，到了新疆伊犁边界，十六点九万人只剩下七万多，而且个个儿衣衫褴褛，贫病交加。这就是历史上有名的土尔扈特东归故事，近年已被拍成电视作品。但这只是上篇，下篇是他们回归后命运究竟如何。事实是乾隆皇帝一直时刻在关心这些蒙古人的命运，没有一刻休息，并为他们的归顺感到由衷高兴。此时期朝廷内部对如何对待这些回归者颇有分歧，有人持怀疑态度，有人存有戒心，结果，乾隆力排众议，坚决主张立即热情接待他们，说这不是"归降"，而是"归顺"。乾隆一连下了一系列圣旨优恤这些蒙古人，让各地官员出钱、出牛羊、出地、出皮衣、出茶叶、出粮食来接济归来者，结果累计花费了二十万两银子。乾隆还大规模封官晋爵，召渥巴锡等首领前来承德加封领赏。总之，一切都做得十分详细周到，毫无吝啬之意。他认为只有这样，才能换得蒙古人的忠诚，才能赢得永久的安宁。

所有这一切，都被乾隆皇帝如实地写在三篇文章里，这是发生在乾隆三十六年（1771年）的事。本来，普陀宗乘之庙是为庆祝乾隆母亲八十大寿而建的，又巧逢他本人六十岁，实属国之大庆，到完工时，正好赶上土尔扈特部归顺，其首领来到承德，实属难得，应了佛法的因果报应，值得大书一笔，于是不仅有了《普陀宗乘之庙碑记》，还有了《土尔扈特全部归顺记》和《优恤土尔扈特部众记》两块石碑，加起来一共三块，都立在普陀宗乘之庙中的御碑亭里。

无独有偶，在乾隆三十年（1765年），即六年之前，还发生了一件在承德重建伊犁固尔扎庙的盛事，也值得一记。固尔扎庙是新疆伊犁河北岸的一座著名的喇嘛庙，大殿高三层，围墙长达一里多，是漠西蒙古的五大寺院喇嘛轮流来此念经的圣地。可惜毁于战火，成了一堆灰烬，不能恢复。乾隆皇帝考虑到承德已经成为每年木兰秋狝和诸藩朝拜之地，不如把固尔扎庙重建于承德，起名"安远"，取"安定远方"之意。恰好有一支叫"达什达瓦部"的蒙古人迁来承德居住，正好可以和其他来朝见皇帝的部族首领一起参加落成大典，并用步踏宗教仪式来庆贺，这样就有了《安远庙瞻礼书事》（有序）石碑。这是一块卧碑，也是四种文体的，立在承德外八庙的安远庙里。

外八庙的普宁寺是目前承德唯一有喇嘛正式做佛事的大庙，它是仿一千多年前建于西藏的最古老的喇嘛寺三摩耶庙的样子修建的。这种样子的大庙乾隆皇帝在北京也建了一座，即北京颐和园万寿山后山上的香岩宗印之阁，可惜后来毁于英法联军之手，已成废墟。2009年夏，经数次考察之后我写成文章，并提出在北京重修此庙，结果得到了中央领导的同意和批复，目前已经开始启动。此次，我去承德，首先就走访了普宁寺，倍感亲切，可找到了在北京重建香岩宗印之阁的"活样板"，特别是阅览了立在御碑亭中的大石碑《普宁寺碑文》，更明白了当初乾隆皇帝的苦心。

立这块石碑是在乾隆二十二年（1757年），起因是平叛准噶尔暴乱。这就是第三个故事。

围绕着第三个故事，乾隆皇帝也立了三块石碑，都在普宁寺的大御碑亭里，也都是用四种文字刻的，一大二小，大的在中，小的分立东西。大的叫《普宁寺碑》（1755年），小的分别叫《平定准噶尔铭伊犁之碑》（1755年）和《平定准噶尔后勒铭伊犁之碑》（1758年）。

如前所述，在漠西蒙古人的四个部中准噶尔部是最强悍的一支，原游居于伊犁河流域，后来向哈萨克和柯尔克孜地区扩展，经过无数次争战，取得了统治地位，建立了准噶尔汗国。康熙皇帝在1697年间曾三次亲征准噶尔首领噶尔丹，取得了胜利，收复了伊犁，正式确定了中国西部本土的范围。隔了七十年，准噶尔首领达瓦齐又作乱。他无恶不作，横行霸道，搞得鸡犬不宁，民不聊生。乾隆皇帝于1755年派大军征讨，生擒了达瓦齐，统一了大西北。为了纪念这次胜利和企盼边疆的安宁，乾隆决定在承德修建普宁寺。三年后，准噶尔部的阿睦尔撒纳又发动叛乱，乾隆再次派大军征讨，终于获得彻底胜利，结束了准噶尔长期割据新疆的局面，各民族过上了和平安宁的日子。乾隆皇帝在碑上语重心长地写道，今后当用怀柔方略，"潜移默运"，以期人心在不知不觉中起变化，都心向中央。

平定准噶尔之后，承德又迎来了第四个故事。有一次，乾隆皇帝询问章嘉国师，怎样才能满足内外蒙古、新疆等地的少数民族有个地方瞻仰，发扬肃穆虔恭之心，从而不生二心呢？章嘉国师说，根据《大藏经》记载，有一个上乐王佛，常向东讲经，普度众生。这座建筑要正对东面的磬锤峰，前面多设几道大门，后面建一座高台，上有大殿和佛龛，人们到此会有一种敬慕喜悦之心，而产生皈依佛法的愿望，并在美好的环境中生活和游玩，得到无法用语言形容的快乐。乾隆皇帝采纳了这个建议，就在普宁寺和安远庙之间的空地上建了一座大庙，取名"普乐寺"。这座庙的主佛便是上乐王佛，俗称密宗的"欢喜佛"。乾隆皇帝写了一篇《普乐寺碑记》，用四种文体刻在石碑上，并用范仲淹《岳阳楼记》中的"先天下之忧而忧，后天下之乐而乐"来自勉。这是发生在乾隆三十二年（1767年）的事。

最后一个故事发生在乾隆四十五年，即1780年，乾隆七十大寿的时候。这一年西藏班禅六世自动前来为皇帝祝寿，乾隆大为感动，特地在承德和北京同时为六世班禅修建了两座行宫，承德的这座叫"须弥福寿之庙"，北京的那座叫"昭庙"，而且分别写了《须弥福寿之庙碑记》和《昭庙六韵》，也都是用汉、满、蒙、藏四种文体来表述的，"上以扬历代政治保邦之谟烈，下以答列藩倾心化之悃忱"。说到底，这两块石碑上的文和诗是政治性非常强的安邦立国的宣言，在团结西藏上是两件有划时代意义的不朽文件，具有深远意义。

如果说，外八庙中这五座有强烈民族特色的寺庙是一曲华丽的大合唱的话，那么，这五座皇家寺庙中的十一块带四种文字的石碑，就是这个大合唱段落之间的诗篇和独白了，有高屋建瓴、一语道破之功。

宝贝啊，宝贝，国之瑰宝，不可不知，不可不看！而且应该在此基础上认真做一些思考，派生出某些战略的主张。当然，这已是下一篇文章的内容了，就此打住。

围场的石碑、草原、森林

我的承德探访分为两段：头一段是避暑山庄和外八庙，第二段是围场。中间相隔了一个月。两段的重点都是石碑，顺带考察藏式建筑和坝上的草原与森林。

一、七块石碑

从文献上知道，围场还有七块清朝皇帝的石碑。到了围场才知道，寻找这七块石碑却是一件非常困难的事，首先，原因是围场面积很大，占地一万平方公里，差不多是国土的千分之一，石碑分布不集中，要跑许多路。其次，这些石碑全立在荒郊野外，前不着村后不着店，甚至没有道路可走，绝不是一般意义上的观光点。所以，要寻访这些石碑一定要有内行的向导指引，当然，还要有在野外走长路的思想准备。

围场的石刻共八处，分为两类：一是石碑，共七块；二是摩崖石刻，有一处。

围场石刻的内容和北京市、承德市的御碑石刻内容明显不同，此地政治内容比较少了，大部分是涉及木兰秋狝本身的。当然木兰秋狝并不是狩猎游戏，它的政治性、军事性和统战性也是十分强烈的。

细分起来，这八块石刻大体是四个内容：一是乾隆皇帝的诗，其中有不少是描写当时的政治形势的，特别是有关边疆战事的；二是关于木兰秋狝的，涉及其制度、组织、作用乃至地形、自然景色的描述；三是关于狩猎的内容，主要有射虎、射鹿的故事；四是关于古长城的记述。

在第一组里，有三首乾隆诗是特别值得一提的。它们是描述发生在新疆的战事的，这是乾隆二十四年至二十五年，即1759年至1760年的事情。

我曾在自己的《塞外胜境承德》一文中提到过新疆蒙古人准噶尔首领噶尔丹、达瓦齐、阿睦尔撒纳三个人的名字。他们分别在1697年、1755年和1758年作乱，结果分别被康熙皇帝、乾隆皇帝平定，彻底结束了准噶尔长期割据新疆的局面。在这三次叛乱中维吾尔人也受到牵连，命运起伏，尤其是他们的首领。一开始是回部（维吾尔族）的黑山派得势，同族白山派逃入天山北路请求噶尔丹援助，噶尔丹乘机于1678年出兵占领了南疆，并把维吾尔首领阿布都实特扣在伊犁当人质。康熙皇帝三次出兵打败噶尔丹，解救了阿布都实特，把他请到北京，优礼款待之后，送他到叶尔羌管理南疆。他儿子继位后不久，准噶尔汗再次偷袭叶尔羌，又将阿布都实特的继承人抓到伊犁当人质，还令后者的两个儿子，一个叫布拉尼敦，一个叫霍集占，率领几千人在伊犁种田劳作。到乾隆二十年（1755年），乾隆皇帝平定了准噶尔叛乱之后，生擒了准噶尔汗达瓦齐，解救了维吾尔人，将老大布拉尼敦送回叶尔羌统领南疆，令老二霍集占在伊犁管理维吾尔事务。不久，1757年，准噶尔的阿睦尔撒纳又作乱，霍集占参与了这次叛乱。乾隆皇帝再次派大军平定，霍集占逃往南疆，并串通布拉尼敦叛乱，企图自立。1758年清军出兵占领库车，1759年，清军分别从乌什攻占喀什噶尔，从和田攻占叶尔羌，布拉尼敦、霍集占分别弃城出逃入山，后被巴达克山部擒杀献给清军。至此，维吾尔族分裂割据局面彻底结束。

1759年秋季，乾隆皇帝在承德围场行猎，正值新疆战事节节胜利，得知生擒布拉尼敦和霍集占，先后写诗五首，其中有两首直接和此次战事有关。第二年，即1760年乾隆皇帝又来围场，见景生情，再写一首。这六首诗后来被刻在一块石碑上，连同1751年写的九首，刻成《于木兰作诗碑》。碑分四面，正面刻九首，背面刻四首，左侧刻一首，右侧刻一首，共刻十五首，全部汉文，为乾隆手书，没有满、蒙、藏文，这是这块碑和其他碑的不同点，是唯一全汉文的。此碑立在今日河北隆化县境内,挨着承德市,原属于围场境内。

下面是此石碑上乾隆诗作中和此次新疆平乱战役直接有关的诗文,共三处。

第一处:

廿围倏葳事,
二竖待成擒。
贞符如卜克,
愿即递佳音。

(大意:二十天秋行将过去,两个小子即将就擒。问卜战果预示即将攻克,但愿捷报真的很快传来。)

摘自乾隆作《过卜克达坂》,刻于碑左侧,作于1759年9月上旬。

第二处:

卜克诚然协瑞符,
新疆田牧创长图。
尔时原未废游猎,
临大事当有若无。

(大意:卜问果真应了吉祥的捷报,开创新疆农牧光明前程。那时并未停止秋猎活动,遇到大事胸中

215

镇定自如。)

摘自乾隆作《过卜克岭行围即景》四首之四,刻于碑阴,作于1759年秋。

第三处:

果协贞符吉,旧岁九月初过此,有"贞符如卜克,愿即递佳音"之句,回銮未逾月,捷报果至。早传逆贼擒。

(大意:果然有如问卜的吉言,很快传来了生擒逆贼的捷报。)

摘自乾隆作《过卜克达攻叠旧岁韵》,刻于碑右侧,作于1760年9月上旬。

由这些诗文可以看出,这块乾隆御碑记载的是非常重要的历史文献,它雄辩地说明:新疆自古就是中国领土不可分割的一部分,任何企图分裂它的事和人都是注定要失败的,必然遭到坚决抵制和反对,绝不会得逞。

历史的经验和教训真是一面很好的镜子,直至今日,这块诗碑都有巨大的借鉴作用。从这个意义上讲,这块御碑是国之大宝,虽然它至今屹立在荒野之中,任凭风吹日晒。它理当受到很好的保护和爱护,因为极有价值。

至于记述木兰秋狝本身的碑,在承德围场一共有两块：一块是早期的，属于乾隆皇帝，是乾隆十八年写的诗，叫作《入崖口有作》，四种文字；另一块是晚期的，属于嘉庆皇帝，是嘉庆十二年的文章，叫作《木兰记》，有七百字之多，汉满两种文体。两块在时间上相隔五十七年，差不多占去康、乾、嘉三朝举行秋狝的总时间（一百二十六年）的一半，好像一个是序，一个是跋。这两块石碑性质相近，涵盖时间长，宛如一头一尾，而且所立地点也相距较近，属同一地点，都在围场的入口处。站在立乾隆《入崖口有作碑》的小山上，远远向对面崖下望去，直线距离两三里开外，在绿色植被之中可以发现嘉庆《木兰记碑》，挺拔而庄重，绝对有一种古文物肃穆的庄严。

这两块石碑在阐述木兰秋狝的意义上口吻是相当一致的，即这种皇家狩猎绝不是单纯的狩猎，而是政治性、军事性、政策性非常强的国家行为，具有实战演习的性质，尤其在民族团结和倡导尚武、保持艰苦风尚方面有不可低估的作用。

具体到狩猎内容的石碑，它们是所有石碑中最生动活泼的，甚至有很大的传奇性，读来饶有趣味。共有三块这样的碑，载四篇作品，都是乾隆皇帝的，其中两件是关于打虎的：《虎神枪记碑》（1752年）、《永安湃围场殪虎诗碑》（1761年）；两件是关于猎鹿的：《永安湃围场作》（1782年）、《永安莽喀诗碑》（1774年）。

《永安湃围场殪虎诗碑》和《永安湃围场作》是刻在

一块石碑上的，后者刻在石碑侧面上，这块碑上的文字只有两种——汉、满，不是四种文体。

《虎神枪记碑》最为神奇：乾隆十八年（1753年）八月二十日，蒙古人报告有虎，隐在山谷对面半坡上，相隔三百多步，乾隆皇帝向着山洞的方向放了一枪。这种枪是康熙时代的火器，叫"虎神枪"。原想把虎赶出山洞，哪知，竟击中了它，受伤的老虎咆哮着跳出山洞，在山崖上蹦跳了好半天，又窜入山洞。乾隆又打一枪，打中了它，把它击毙。这是非常神奇的事，虎隐洞中，皇帝并没有看见它，只是揣摩着无意之中一枪击中，可谓奇之又奇。

目前在山崖洞口的石头上有摩崖石刻，用四种文体注明："乾隆十七年秋狝上用虎神枪殪伏虎于此洞。"

十年之后，也是在围场行猎，乾隆皇帝又是一枪击中潜卧在草丛中的一只老虎，周围的蒙古人、维吾尔人都咋舌脱帽，非常钦佩。

乾隆皇帝六十岁时骑马迅跑，连发四箭，射中四鹿。七十岁时也还能射中跑鹿，一箭中的，可谓身心不老。

最有科学性的石碑是乾隆皇帝的《古长城说》碑，也是一块孤零零立在荒郊野外的大石碑，四种文体，立于1752年，碑的形制和《入崖口有作》碑一模一样。参观这块石碑，目前也要在草丛中和田埂上走很长的路，并无现成的路可通。

原来，在木兰围场行猎过程中，乾隆皇帝发现了一条依山连谷绵延很长的土墙状的遗址，每隔四五十里还有瞭望台和屯兵设施的残存构筑物。听当地蒙古人和其他少数民族人士说，这是古长城，北起黑龙江，东至辽东，西到新疆沙漠，乾隆查阅了《山海经》和《括地志》，均无记载，但有实物存在，又有口口相传的古朴传说，应该就是秦代修筑的古长城。这里距离明代古北口长城向北推进了六百余里，证明塞外的这方领土自古就已是中国的领土。但乾隆对修长城防御侵略持完全否定态度。

这是一篇极有科学价值的考古文献，对长城这个人类文明伟大工程的渊源、历史、位置、走向的考证有着十分重大的价值，是唯一有文字说明的"长城考"。

归纳起来，我非常欣赏木兰围场的七块石碑，它们是那么与众不同。首先，这是一组在原野中的石碑，断然不同于北京和承德那些立在显赫的皇家园林和皇家寺庙中的，没有那种辉煌的人工背景，而只有身处大自然的反差和强烈对比。这一点，大概找遍世界也仅此一处吧，是稀有中的稀有。其次，恰恰是这一组石碑的存在说明了木兰围场的可贵与独特，如果没有了它们，木兰围场便会大为失色，仿佛没有了标志物。恰恰是这七块石碑说明承德是三位一体的，集离宫、外八庙和木兰围场于一体，它们是一个完整体系的密不可分的三个组成部分，没有这最后一条，没有了那里的狩猎和军事演习，也就没有了承德的全部。再次，这七块石碑说明原来这里是多么美丽，多么富饶，多么野性十足，多么生动活泼，有大量植被，有大量飞鸟，有大量野兽，包括猛兽在内。同时，还有古老的文物，乾隆的《入崖口有作》碑，甚至说围场的风景一点儿也不比中原、洛水伊河和江南苏州、杭州的风景差。而今日的围场面貌已大不相同，由地貌到功能都发生了很大变化。不过，幸亏七块石碑命大，还存在，这就为恢复围场的原貌提供了最为有力的依据。按其围场本身的价值，它应该成为首都北京的最大、最好的后花园，有那么可信的基础和雄厚的底子，何乐而不为呢？

七块围场石碑基本上处在坝下的丘陵地带，处于目前承德市和围场坝上风景区这两个旅游热点之间，这恰恰给石碑带来了机遇。

应该在承德市通往围场坝上风景区的路途中开辟七条通往石碑的观光公路，直达各个石碑脚下。每处还要有停车场，便于观光者停车驻足参观。

对碑本身的保护也应该提到日程上来，要修建御碑亭，以利碑体避雨挡雪遮阳。

对每块石碑要设立详尽而科学的解说牌。

要在适当地点建一座木兰围场博物馆，里面有围场的大沙盘，标明"七十二围"的位置和地势，要复制外国传教士和画家绘制的《哨鹿图》《木兰秋狝图》《马术图》《殪虎图》，呈现直观的效果，并用表格、图表、文献详细介绍木兰秋狝的制度、程序、细节，对七块石碑也要有专门的介绍。这个博物馆的建立不光有文博价值,还有现实的社会意义。

对围场中部的王家店温泉要重点开发,此温泉温度高,而且自涌于地表,极具开发潜力。利用得当的话,会有巨大的休闲价值和经济价值,成为一处受欢迎的休养胜地。

这样,或许,围场就变活了。

二、草原和森林

不论是方位还是地势,乃至内容,承德都是三个层次,最南边是承德市,主要有避暑山庄和外八庙,中间是围场,最北边是坝上风景区。北京在北纬四十度,承德在其东北,在北纬四十一度,围场在承德正北,在北纬四十二度,坝上在围场正北,在北纬四十二度半,和内蒙古交界。地势由南向北亦呈三个台阶,北京海拔五十米左右,承德和围场海拔四百米左右,坝上海拔一千至一千七百米,一层比一层高,坝上已属蒙古高原。三者距离也差不多均等,北京到承德二百公里,承德到围场一百三十公里,围场到坝上八十公里,即由承德出发到最北边的坝上也有二百公里左右。

坝上,由于地势的关系,完全是另一番景象,南为草原，北为人工森林，面积都很大，是一望无际的绿色大自然。

紧邻北京的北部，这么近！

更难能可贵的是，这片大自然呈带状，而且呈半圆弧状，像一顶戴在北京头上的帽子，绵延有三百公里呢。

这个地方有丰富的水系，是北京市和天津市两大华北城市的主要地表水源。滦河、潮河均发源于此。

而坝上的森林和草原，则成了北京市的第一道防沙、防风的墙。近年来，北京市的沙尘天气逐年减少，蓝天天数直线上升，都和坝上生态环境的良性发展有着最直接的关系。

应该说，坝上的草原和森林是镶在北京头上的绿色屏障。

承德的水，承德的草，承德的树，是北京宝贵的生命线。

坝上风景区由东向西有着丰富的内容，最东边叫红松洼坝上草原自然保护区，这里还有三四百台巨大的风力发电机，每台装机发电容量为一千五百千瓦，立在那里蔚为壮观，煞是好看，从数量和发电量上已超过丹麦的同行。

中间的景区叫"塞罕坝森林风景公园"，有国内最大规模的人工林。站在塞罕塔上四下张望，一望无际，全是绿树，直指晴空，给人留下极为震撼的印象。最西边的叫"草原森林风景区"，一半森林，一半草原，和内蒙古多伦市交壤，这里还有红山文化的发祥地、古战场和草原影视基地。

坝上有湿地，有湖泊，有河的源头，有开车连续跑一个小时也看不见头的森林，森林又分白桦林和松树林。松树有落叶松、雪松、樟子松，有鲜花盛开的草原，花色一星期一变，加上蓝天白云，仿佛大自然一切美的要素都赐给了这里。

其实，这里的土壤资源并不丰厚，土层很薄，我看了一处土壤剖面，土层也就不到一尺厚，下面全是碎石砾。20世纪60年代来自全国各地的三百多名优秀的林业工作者，在这里常年埋头苦干，硬是用科学的机械方法植活了上亿株树苗，如今已长成树龄五十年的大森林。看得出，它是人工林，因为树长得很整齐，很有序，令人打心底产生敬佩。

我到过内蒙古的呼伦贝尔大草原，也到过新疆天山的草原和青海的大草原，相比之下，承德坝上的草原不愧是国内最好、最漂亮的草原之一，是名列前茅的。这要归功于近些年的"退牧还草"政策。

以前，这里的草有一人多高，人走进去，不见其头。那时，以将军泡为例，牛不过一万头、羊不过三千只。后来，出于经济利益的考虑，还是这块地，一下子放牧到几十万头，把草根都全部啃光了。一只老鼠跑过，竟然可以掀起一溜尘烟。"退牧还草"政策出台之后，牲畜只能圈养，草原得到了休养生息的机会，草又慢慢长出了，长高了。现在，将军泡湿地中的草可以高到二尺！一般，坝上草原的草也有半尺了，教人感到欣慰。一眼望去，绿色尽收眼底。当然，放牧总量还有待进一步降低，草还需要长得更高。而且，不管是为了改善局部生态环境，还是从大局出发，有利于减缓地球升温趋势，恐怕都需要出笼一个更加完备的草原政策。

地球母亲，大自然，是需要人类关爱的，而不能只是单方的索取，承德坝上的教训和经验完全说明了这一点。它的森林，它的草原，正好是正反两方面的好教材。

我喜欢坝上的树，和草，和花，它们让我感动，让我流连忘返，我爱它们。我以为那里是天下最美的地方。

京杭大运河，残缺的辉煌
——大运河视察上篇

问任何一个人，不论大人小孩，长城什么样，几乎没有不能回答的。人人脑子里都装着一个长城，很清晰。

长城被宣传了二十年，非常成功，现在连一块长城砖都值钱得要命。

可是，问到运河呢，就不是如此，差不多什么也答不上来。

真的，大家对运河所知甚少。是的，少得可怜。

可是，运河和长城一样伟大，一样了不起，一样是国宝，一样是世界奇迹。

真该好好说说运河了，别再冷落大运河了。

运河，运河，你太亏了。

其实，运河和长城，根本不同，虽然它们同是中华民族精神的象征。

运河是活的

长城，待在荒山野岭，人烟稀少，成了文物，成了历史，成了古董，似乎不再有生命。

运河，就不一样。运河是活的。

活的，有两个含义。一是说它的功能并未丧失，现在仍在发挥作用；二是说它还在发展，是一个既有过去，又有现在，还有未来的活物。

这两条，证明运河和长城根本不同。长城只有过去，更没有将来。长城是凝固的历史，不会动了，是躺着的。

运河，站着，走着，还会跑呢。

运河的现状是，自山东境内济宁市南旺以北，一直到天津，是枯干的，只有故河床依存，完全废了，有名无实，有的河段只剩下泄洪和充当污水沟的功能。在济宁市南旺以南，则大不相同，水量依然充足，河面宽，运输繁忙，上万条运输船只日夜航行其间，一派繁荣景象，令人惊叹不已。有水的运河南段约占运河总长的百分之五十五，无水的北段则占总长的百分之四十五。如此看来，运河的多一半还活着，而且活得还挺好。

京杭大运河共分七段，黄河以北三段半，以南三段半。由北京出发,一路南下,经通惠河、北运河、南运河,至山东境内的鲁运河,过临清市,过黄河,到济宁市,正处鲁运河的中段,突然眼睛一亮:一条大河就在桥下。它就是有水的运河,挺宽的,停靠着不少船舶,河中两列货船逆向交错行驶,每列都有点儿像火车,彼此头尾相衔,浩浩荡荡,蔚为壮观。往南驰的船吃水很深,装满了货,多数是煤、沙子、石料,水面和甲板几乎持平。往北的船则多半是空的。仅苏州段每天就有船只六千艘通过。

想不到竟是如此繁忙。

由于运输成本低廉,现在运河的运输量竟然是三条津浦铁路单线的总和,还要外加一条京沪高速公路的运输量,真是了不起。

在古代,运河主要负担南粮北运的任务,即以漕运为主,盛时年运六百万至八百万石,粮船多达万余艘,兼负运盐、运货。现在,倒过来,主要是担负北煤南运,兼负建材的运送,年运量超过一点六亿吨,运河中的黄金水道常年可以航行千吨级的大船,经济效益非常显著。

运河的水利作用,包括灌溉在内,也很突出。

像公路发生"堵车"一样,运河也会发生"堵船"现象,在徐州段有时一堵就是七八天,甚至个把月,多达上万条船挤在一起动弹不得,那种场面真可谓惊心动魄。

船民因为长途行驶,基本上以船为家,在船上生孩子、洗衣、做饭、过家家,悠闲自得,从容之至,养鸡养狗也是常见的事。时常可以看见船民坐在甲板上的小凳上扎堆聊天，有的手上牵一根绳，绳的另一端系在幼儿的腰上，免得小孩儿跑远了不小心落入河中。

看到这，两句话便会脱口而出：运河很古老，可运河还是活的。

一串明珠

运河始凿于春秋末期吴王夫差当政时，距今已有两千四百九十二年，时间上占我国有文字记载的历史的一半。隋炀帝时运河最长，达两千七百多公里，呈"<"形，由余杭、扬州向西北通到中原洛阳，再折向东北通到北京，形成完整体系，隋运河开凿距今已有一千三百九十五年。元朝时期是大运河挖凿的第三阶段，由于建都北京，运河不必绕道中原而南北取直，缩短了七百多公里，总长达一千七百九十四公里，一直通航了六百多年，其中最繁荣时期是明清两代。至20世纪70年代运河在济宁以北才断流，南段仍然使用，而且取得了历史上最好的利用率和经济效益。

这几个数据，比国际上另外两条著名的运河都要显赫。巴拿马运河是1914年竣工的，距今九十二年，全长八十一点三公里，不足京杭大运河长度的二十分之一。苏伊士运河是1869年竣工的，距今也仅一百三十七年，全长一百七十二点五公里，京杭大运河长度是它的十倍。

法国有一条古运河，是1992年被确立为世界文化遗产的伟大工程成就，它叫米迪运河，在法国南部，连接地中海和大西洋，船只可以免去绕道西班牙的直布罗陀海峡之苦，全长二百四十公里，于1694年竣工，时值路易十四王朝，距今有三百一十二年的历史，大体相当于我国清朝康熙中期。

这么一比，京杭大运河的确是世界上历史最悠久，长度最长的运河，它是绝对冠军，堪称人类历史上最伟大的工程之一。

我国的河流基本上是东西流向的。京杭大运河是南北向的，将五大水系人工地串连起来，由北到南依次经过海河、黄河、淮河、长江、钱塘江水系，这个态势确立了运河的独特地位。

伴随运河而兴盛的是沿河的一系列城市，它们之中不少是因运河而生，而旺，而出名。它们是镶在运河上的一串明珠，构成了运河经济和运河文化的主要载体。

运河沿岸的城镇多达两千余座，其中许多是古城、古镇。最有名的大城有十八座，它们是北京、天津、沧州、德州、临清、聊城、济宁、台儿庄、邳州、宿迁、淮安、扬州、镇江、无锡、常州、苏州、嘉兴、杭州，分属六个

229

省市。

这串城市链是长城所绝没有的。长城是筑在城市之外的，它是城市的外围守护线，是前沿阵地。长城以"关"为特征，"关"是咽喉，是卡子，颇有一夫当关、万军难过之势，"关"决不是城市。而对运河而言，城市是紧紧和它贴在一起的，城市几乎都是依水而建，也有运河穿城而过的，如无锡，或环城而过的，如苏州，总之城市是依附在河的两岸，渐渐发展壮大，逐步繁荣起来的，城市命运是伴随着运河的经济、行政、文化诸多因素的消长而发生变化的。运河是母亲，城市是第二性的，是它衍生出的崽儿。

大运河造就了一大串经济大城和文化大城。这个事实让运河由一个大工程变成了国家的经济命脉，沿河城市不仅赫赫有名，而且地位显赫，活力四射，其实力有的能跻身全国前十名之列，其中扬州在历史上相当于今日之上海，淮安相当于今日之郑州，都极厉害，就连德州、临清、聊城、邳州这样的城市也都曾红极一时。

提起扬州，一个"点"字是它的最大特征。它是运河的"起点"，扬州和运河同龄。它是运河的"出发点"，是盐运的"起点"，是陶瓷运的"起点"。它是长江和运河的"交点"。它是帝王南巡的"终点"。它是鉴真东渡的"出发点"。它是徽班进京的"始发点"。它是扬州画派的"聚点"。扬州在唐朝时就有五十万人，是世界十大都市之一。这全都源于它是运河上的"第一点"。

如果扬州是一个"点"字，那么淮安则是一个"中"字。淮安恰在运河的中段，是最早的古运河古邗沟的终点，明清时又是黄河、淮河和运河的交点，是运河的中心，是枢纽。2000年淮安市出土了"总督漕运部院"遗址，证明这里确是漕运总指挥中心，有朝廷二品重臣常年在此督办漕运，同时淮安有一时期还是河道总督所在地，专门负责治理河道。此外，淮安造船能力很强，是漕船制造中心，在十五六世纪五十五年中曾造船三万余艘。淮安常年驻军多达十二万多人。淮安有"运河之都"之称，在明清两代和苏、杭、扬并列为全国最大、最富、最繁荣的都市之一。

大运河的旅游潜力极大，因为它有这么多名城、古城、古镇，富有绝妙的观赏性，是一条天赐的好专线。想想，还能到哪儿去找这么有关联的举世闻名的都市链，整整一串呀！一个挨着一个，目不暇接，都有特色，都有美景，都有古迹，旅游行程要长可长，要短可短，随您选择，任您游荡。

爬坡的河

大运河里有许多有趣的东西，譬如说，河要爬坡。
大运河里有许多科技含量很高的东西，譬如说，有和四川都江堰齐名的戴村坝——南旺闸。

大运河是人工挖凿的，不是总依地势自然往低处流动的。运河走到山东境内，地势高了起来，大概比长江高四十米左右。山东境内南旺一带的水在分水岭处一分为二。北边的地势南高北低，水往北流，流向天津；南边的地势北高南低，水往南流，流向长江。这对行船来说，是很伤脑筋的，船要爬坡啊，要翻山啊。由南边来的漕船，先要逆水爬坡，到了济宁之后顺水下坡，一上一下麻烦之至。要修建一系列的船闸，把船开进船闸，放下后面的闸门，加水让船浮起来，再打开前面的闸门，开进下一个船闸，依秩渐进升高。下来的时候，则反过来，也得一个船闸一个船闸的降。那么多船只等着过船闸，必须有严格的制度和管理，不准加塞，不准捣乱，必须设有足够权威的行政机构和官员，还必须配有足够的兵力负责维持秩序和充当劳力。

在古代，黄河经常发大水，经常决口，经常改道，经常冲断运河，更经常淤塞运河。因此人们被迫无时无刻不在调整运河的河道，不断地挖，无休止地改，而且改动极大。黄河改道幅度很大。明代时黄河南下徐州，在淮安和淮河并流，在江苏北部入海，1855年突然北移，经济南，在山东北部入海。这样大幅度的迁移，直线距离纵越三百多公里，无疑对运河的流向和挖凿造成极大的困难。以运河过黄河而言，由淮安一带的南高北低的地势变成在山东南旺一带南低北高的地势，后果不仅是灾难性的，甚至是

江苏无锡市的运河

导致漕运乃至运河北段衰败的重要原因。

难怪,查看乾隆五十年的《九省运河泉源水利情形图》和光绪年间的《清代京杭运河全图》,会发现运河河道极其复杂,和想象中的单一河道相距甚远,在洪泽湖、白马湖、高邮湖一带,河道多得像蜘蛛网一样,有黄河故道,有淮河水道,有运河,有湖水,还有坝、堤和闸,相互交错,非常壮观。壮观固然壮观,想当初,在东西向河道之间愣开一条南北向的人工河道,该有多难,宛如跨栏和三级跳一样,可是它是河呀。

所以,运河是智慧之作。

运河是两千多年来好多亿人的劳动结晶。

运河上有许多发明,有许多科技成果。

找水源就是一个大问题。

调节水又是一个大问题，水多了怎么办，水少了怎么办，都得考虑。

所以，不光要有治水专家、重臣，连皇帝都得频频出招，下御旨，甚至亲巡。康熙和乾隆六下江南，治水是其主要任务之一，甚至是首要任务，包括治黄、治淮、修运河。运河沿岸至今留存许多碑，都是记载皇帝的指示的，通称康熙碑、乾隆碑……内容全部和治水有关。这些御旨内容详尽具体，绝非空话，其中多处涉及工程细节。这两位皇帝不简单，称得上是治水的行家。这又是运河"好看"的一个细节，一个亮点，用现在时髦的话讲是一道风景线。

最精彩的是山东南旺的运河段。

运河中段的水源，既不是长江，也不是黄河，而是山东境内的汶河和泗水。汶河发源于泰山山脉的九个县的二百五十多眼泉水。在地势最高点戴村筑坝，截汶水，南流出南旺分水口入运河。明朝时工部尚书宋礼采用农民白英的建议，在河口筑分水工程——分水拨。所谓分水拨，就是在河底用石头筑一个活动的鱼脊背式的拨，用改变石拨的摆放位置、形状和角度的方式对南北水量进行分流，七分南下至淮扬，三分北上至天津，即所谓"三分朝天子七分下江南"。也可以四六开、五五开，甚至根据需要来一个倒三七开。毛泽东主席1965年来山东时，曾称白英为"农民水利专家"，称这个十四五世纪的伟大工程"是一个了不起的工程"。

这个"戴村坝南旺闸"一直受到国内外专家的高度重视和推崇,认为是运河上技术含量最高的"心脏"。

"水柜"的设置同样也是运河工程上的聪明举措,像南旺闸一样,可灵活地调节水量,保障运河有相对充足的水量。南旺周围的蜀山湖、南旺湖、马跳湖便构成一组"水柜"。它们将多余的水蓄存起来,待到枯水时再补水济运,起到引水、蓄水、泄洪、控水的作用。

运河是人工河,是先民用智慧开挖的河,是凭脑力愣做出来的河,它是文明的结晶,是智力的果实,是人的杰作。

所以,运河的存在,足以让中国人感到自豪和骄傲。

运河的辉煌,除了它的历史、它的长度之外,还有它的复杂、它的精致和它的科学。

运河不简单,奥秘皆在此。

可惜了,残缺了

运河问题的焦点在于既要发展,又要保护。因为它毕竟是活的,同时又是闻名于世的古代文明。

这是大难题,由此而产生的问题恐怕比长城的保护要更多、要更大。

长城光有保护，没有发展。可运河要兼顾两头。

顾不过来，就会出毛病。

毛病本来已经有了，因为运河北半段已经没有水，那里的河床已经枯涸，随之而来的衰败是不可避免的。沿河的许多河运设施和水利设施因为没有水而荒废，而无人管理。倒塌的倒塌，破坏的破坏，几十年下来，面目全非，或荡然无存，或惨不忍睹。

顶可惜的是，那个最了不起的伟大工程，分水脊上的南旺分水工程，已经被人为地破坏了，已经找不到什么痕迹了。

实在是太可惜了。

毁它的人们，并不知道他们毁的是一只大金碗，是一个无价之宝。

真是罪过啊。

在河北省境内，在山东省境内，不少地方的污水任意地往运河枯干的河床里倾泻，那里的运河成了污水河，又黑又臭，很惨。污水源有造纸厂的废水，有热电站的废水，有来自河南境内的，有河北的，也有山东的。情况已经严重到如此地步：将来"南水北调"东线的净水，完全不敢由运河中输送，需要另挖一条平行的河道！否则，天津会拒收的，因为辛辛苦苦调运到那儿的水已经是不能饮用的五级水了，沿途竟会被已经长年变成污水沟的运河河道所污染。

想不到竟会有如此深远的影响，真是悲剧，连运河北半段起死回生的机遇全都渺茫了。

但运河毕竟很长，现在运河北半段还有不少河段是朴朴素素的老样子。两岸有树，河岸呈自然的坡形，河床是个大槽，左右一眼望不见头，长满青草，极为幽静，偶尔有白白的羊群在其间食草，一派田园风光，教人回味出大运河当年的规模。

这儿还倒有些运河原来的古韵，没有现代文明的破坏。

譬如说，在河北青县一带的运河河床，便是这样的典型。那里，已经连续十年无水了，连季节性的水也没有。静静地美美地躺在那里，成了草地，成了牧场，成了古迹。大规模改观的反倒是运河南半段，在经济越发达的地方，运河改观得越厉害，成了普遍规律。

南半段的改观又有两种情况要区分。一种是由于运输的、水利的需求，像历史上任何一个时期一样，运河要不断完善，不断调整，不断改进，甚至不断挖凿，加宽，加固，加深，有时还要改道，等等，这恰巧证明运河还是活的。它不能停步，就要改，就要变。对这种改观不必大惊小怪，均属正常。

第二种改动是为了环境的美化和人居环境的现代化。这种改观稍不注意便往往会对运河造成"现代文明的冲击"，其中许多是"建设性的破坏"。这个结果对许多人来说倒是始料不及的。

原因是在现代化进程中，人们，特别是城市的决策者们，往往忽略了保存文化遗产的完整性和原真性。

刻意保存文化遗产的完整性和原真性是一个带有普遍性的规律，是要普遍遵循的，是公理，并不是单单为了"申遗"，也不是为了对付联合国教科文等组织的相关要求。

这是我们自己要恪守的规矩。换句话说，只要有古迹、有古代文明成果在手，就都应如此行事，都要小心翼翼地保存它们的完整性和原真性。

什么是完整性？原真性？

完整性主要是指周边环境，包括自然环境，要协调，要一致。

原真性主要是指设计、材料、工艺、个性和构成要素方面的保真。

偏偏在运河南半段的许多城市中，这两条都被忽视了，结果在这些历史文化名城中，在运河两岸，出现了许多和古运河环境不协调的现代化城市建设。在那里，推平了老民居，修建了整齐划一的堤岸，有大理石的、有花岗岩的，加了带灯光装饰的护栏，岸上植了大面积草坪，造了许多公园式的园林景地，还近在咫尺地盖了摩天大楼，结果，古运河的完整性丧失殆尽。

更有甚者，有的城市还将原有的岸边大条石挖出，扔掉古代用来连接条石的铸铁"蝴蝶"，然后将大条石切割成小方板，磨平，用来打造广场，建造台阶。殊不知，它们是有好几百年历史的古物啊。结果，原真性也毁于一旦。

于是，运河成了残缺的辉煌。

想想，在一座神奇的运河明代三孔大石拱桥的紧邻处，突然打造上万平方米的抛光花岗岩铺地的现代大广场，再加上若干座现代化高层办公大楼，哪里还会有什么协调一致的环境完整性，何况，还故意要喊出一句"打造东方塞纳河"的奋斗目标呢。

到了这个份儿上，那该怎么办？

既然运河已经在2005年底被确定成全国文物重点保护单位，既然大运河的"申遗"工作已经被正式提到日程上来，既然在大运河的定位认识上已经高度一致，公认运河和长城是一样伟大的人类文明遗迹，既然南半段诸多历史文化名城已经花了大量钱财去改造运河，既然要重树保护古运河的完整性和原真性的两大原则，那么，就该迅速地找出新的对策来，实现发展和保护的双赢，否则，只会剩下半条21世纪重建的新运河，加上半条干涸的废河道。

沿河的十八座历史文化名城应该确定一批目前还剩下的，还有标志性的，应保护的古运河段，确立为典型，按国家文物重点保护单位的规矩，划出保护区和缓冲区，在距离多少米之内，不准再拆，严加保护，挂牌公示，也不割断居民和运河的世代联系，尽量保留运河原有的机理，按原有设计、材料、工艺和个性小心地加以维修,而且适当疏散人口,改善民生条件,增加基础设施工程,建筑内部逐步实现居住条件的现代化。

对运河沿岸的单个的古代河运设施、古代水利设施,在普查的基础上,要逐一确定其保护级别,包括码头、船闸、坝堤、官署、庙宇、碑匾、桥梁、纤道、作坊、仓库、船坞,等等,变成真正的琳琅满目的运河文物长廊。

关键是要尽量保存原物,不能一味地求新、搞假古董。古老是第一位的,好看与否是第二位的。

这个举措是把完整的、原真的运河用一串标志物显露出来。

除在运河头、中、尾三点建造综合性运河博物馆外,各个城市应分别有序地建造运河专业博物馆,譬如有古船博物馆、古桥博物馆、运河水利博物馆、运河漕运博物馆、运河历史沿革博物馆、运河制度博物馆、历代帝王治河博物馆、运河科技博物馆、运河非物质文化遗产博物馆、运河美术馆,等等。要实施统一规划,分头实施,突出地域个性和专业个性,不搞重复建筑,不搞千馆一面,把该收的实物文物尽量收集保管起来,留住历史,形成独一无二的运河博物馆大系。

这个举措是把运河的记忆找回来。

亡羊补牢,未为晚矣,何况运河还是活的,想办法补救就是了。

运河，这张大牌，一定得打出来。打好这张牌，必大振我中华魂。

把运河这篇文章做好，首先是确立运河在我国人民心目中应有的神圣地位，明确运河和长城一样，是我国民族精神的伟大象征。

回想差不多三十年前，中华大地曾掀起一股热爱长城的高潮，讨论极为热烈，基本上家喻户晓，恰与我国的经济腾飞起步同行，长城便成了我国人民腾飞奋斗的标记和民族自信自强的符号。

今日，大运河也同样会成为民族时代精神的代号，因为它象征着沟通，象征着开放，象征着高效，象征着便捷，象征着攀登，象征着创造，象征着永远的生命活力。

如果，可以将长城比作一位饱经沧桑的硬汉，那么，运河就是一位坚强的劳动女性，她奔放，她美丽，她活力四散，她青春长在，她有韧劲，她平实，她脚踏实地，她智慧，她自强不息。

揭开她神秘的面纱，弥补她的残缺，重振她的威风，为此所做的一切都会意义非凡。

温柔地善待她吧，爱她，因珍爱而小心翼翼。

（2006年7月31日于北京）

隋唐大运河，地下的辉煌
——大运河视察下篇

中国大运河，这个名字，仔细划分，下面有两个系统：一个叫京杭大运河，另一个叫隋唐大运河。它们俩是两个完全不同的运河，时间不同，地理不同，总之，虽然都叫大运河，但基本上是两个不同的概念和系统。迄今为止，许多人都弄不懂，一提中国大运河，以为就是京杭大运河，根本不知道还有一个什么隋唐大运河。

这就需要细细地剖析和介绍了。

我有幸随全国政协考察团视察了两次，做了一些调查。2006年考察了京杭大运河，先后十天，回来后写了一篇《京杭大运河，残缺的辉煌》，宛如是上篇；2007年底又考察了隋唐大运河，也是先后十天，回来后也准备写一篇随想，权当作下篇吧。

隋炀帝是个了不起的帝王

仅拿大运河来说，完全可以为隋炀帝翻案。

过去，史书上，还有大量约定俗成的固定看法，都把隋炀帝界定为一个很坏的统治者，说他劳民伤财，穷兵黩武，挥霍无度，很快把国家掏空了，隋代遂成了十分短命的朝代，昙花一现。罪魁认定就是这位隋炀帝。

但是，有了大运河，情况完全变了样。

隋炀帝称帝在605年，由其父隋文帝杨坚手中继位，至617年，在位十二年。他在位期间做了一件大事，就是举全国之力挖凿大运河，这是他的雄才大略，为国家为民族为历史做出了惊天动地的大业，立下了不朽的伟绩。

现在看来，隋炀帝的大运河，起码在历史上有以下六大功劳：

第一，沟通了中国大地的东西南北，实现了中国历史上第一次真正的融会贯通和大一统。在古代，陆路长途迁移，只能靠骑马、坐牛车和步行，要翻山涉水，行动十分艰难和缓慢。但是人类早就有认识，水是可以利用的，可以坐船过河甚至跨海，既快捷又能载重，往往比走旱路要方便许多。把人和物放在船上，或人划，或扬帆，或做水闸提升下降，可以日行数十里甚至百里，真是一种人类行为的飞跃。船大，可运兵，可运马，可运粮食，可运草料，可运煤炭，可运石材，花样多了，大大拓宽了人类的活动空间，以至可以组织起有效的大规模的国家行为。不过，中国地势西高东低，河的流向基本上是自西向东，南北则不行。隋炀帝决定挖凿南北大运河，干脆把东西南北都用水连起来，组成水网，把几大自然水系（长江、淮河、黄河、海河、钱塘江）变成一个大水系，岂不是一盘大活棋。有了大运河，他可以把整个中国国土真正地、完整地纳入自己的王权范围，宛如揣在自己的怀中，牢牢地属于自己。在过去的历史上，还没有一位帝王这么做过。这是空前的。

第二，一下子诞生了几十座沿河的繁荣城市。先有河，后有城镇，后者因河而生，因河而旺，纯属拔地而起，这不得了。大城，意味着人口的相对集中，意味着人才的聚集，而且因需要而都有分工，有搞运输的，有搞搬运的，有收税的，有管理的，有造船的，有搞仓储的，有搞货物集散的，有做买卖的，有旅店，有饭店，有美人街，有唱戏娱乐的，还有学校一类的机构，总之，越聚越多，名气也越传越远，终成气候，在历史上留下了永久的记忆。大运河就是城市的催生婆，而且多子多福。

第三，隋代大运河造就了扬州（含杭州）、西安（含洛阳、开封）、北京（含天津）这样三大世界都市。扬州是大运河的起点，西安是中点，北京是终点。大运河把这三点造就成了规模宏大的，在中国历史上有举足轻重地位的都市，或是首都，或是经济大城市，成为全国政治中心、经济中心、文化中心，影响既深且远。

第四，把中原文化带到了北方，带到了南方，也把北方草原游牧文化、南方鱼米桑茶水乡文化带到了中原，实现了中华文化的多元化、互补化和共繁化。

第五，几大水系的串通促进了民族之间的融合与交流，以及中外的国际交流。大运河仿佛为丝绸之路接上了手脚，一方面把地中海周边和中亚的文化和中国内陆的文化连接了起来，辐射开来；另一方面，把北方的少数民族文化和中原汉族文化连接了起来，促进了中华民族大家庭的生成、巩固和壮大。此两者的文化大交流因隋代大运河的挖凿而在后代大放异彩，结出具有深远影响的丰硕成果。

第六，隋代大运河迎来了唐代的贞观盛世，奠定了唐文化在世界上崛起的基础。隋朝虽短，可是换来了唐朝的长治和极盛。隋代大运河基础打得好，唐朝在政策上稍做调整，立刻结出好果，无意中为辩证法的胜利增添了辉煌的一例。

看来，隋炀帝的案是翻得有理，势在必翻了，有大运河为他做证。

一半在地上，一半在地下

如果说，京杭大运河是一半枯干，一半有水；那么，隋唐大运河则是一半在地上，一半在地下。

此话怎讲？

隋的首都是西都长安、东都洛阳，修运河由扬州出发，先要向西北走，斜穿安徽淮河流域，经河南的东北部，入黄河流域，到达洛阳，此为下半部；然后向东北走，经河北东南部，入海河流域，到涿郡（北京南），此为上半部，合起来整体上走"之"字。

隋运河始建于605年，用三百六十万民工挖通济渠，连接黄河、淮河，同年又用十万民工疏通古邗沟，连接淮河、长江，构成下半段。三年后，用河北民工百万余，挖永济渠，到北京南，构成上半段。又过两年，重开江南运河，直抵余杭（杭州）。至此，共用五百余万民工，费时六年，大运河全线贯通，全长两千七百公里，成为世界上最伟大的工程之一。

这条运河运营了五百多年，历经唐朝、五代、宋朝，到南宋末年，因部分河道淤塞而衰落。取而代之的是京杭大运河。元朝取代金和南宋之后，在北京建都，将大运河南北取直，不再走洛阳、西安，缩短了九百多公里，又运行了七百多年，直至今日。

隋唐大运河衰败于七百年前，那么，它的遗迹今日如何呢？

这是个大问题，值得认真调查研究。

实地考察下来，令人大吃一惊：它还在！并不像人们原来想象的那样完全找不到踪迹。

情况比较复杂：有的段并入了后来的京杭大运河，主要是一头一尾，如长江以南的江南运河和山东临清以北的永济渠的中北段，都在地表之上，看得见摸得着。而且古邗沟和江南运河至今都呈现水量充足、运输繁忙的景象。有的段则被废弃，主要是黄河以北的永济渠的上中段大部份。这次考察的收获之一是得知废弃的时间下限居然是很近代的事，也就是三十多年前吧。这段河现在叫卫河，河道居然整体都在地表上，很易找着。可悲的是这段已有一千四百多年历史的隋唐大运河的上半段，在被废弃之后并没有得到保护，反而成了污水道脏水沟，遭到严重污染，许多地方成了"龙须沟"，惨不忍睹。主要污染源是河南焦作、新乡一带的工业废水和河北省沿岸的工业和生活垃圾。据当地老船工和渔民回忆，20世纪70年代水量充足时，卫河一直都有货船通行，由河南鹤壁以北直抵天津，运货还通畅无阻。曾几何时，由于公路铁路的兴起，加上水量不足，隋唐大运河北段竟迅速败落成这个惨状，真是令人痛惜和难以想象。第三种情况是被埋入了地下。原因是黄河在历史上有若干次大的水患和河道迁移，大运河故道被黄沙淤泥埋在地下。这部分的长度也很长，大体在隋唐大运河下半段，即在河南和安徽境内。这部分在极个别的地段，如在安徽省宿州市泗县长沟镇就有一段依然有水的运河故道，长达二十五公里，除此之外，在绝大部分下半段中，在地表上隋唐大运河故道已荡然无存，什么都找不到了，只能靠考古挖掘来证明它的存在。好在，隋唐大运河是个客观存在，地下黄土之中实实在在有这么一条又长又宽的大运河遗道，只待去挖掘，去发现。实践证明，这种发现并不难，而且，稍有动作，就有令人惊喜的巨大收获。人们看着那些挖出来的码头、沉船、仓窖、瓷器会大声惊叫：呀！这是一条曾经多么繁荣的大运河啊！

古仓、古佛、古城、古码头、古桥、古瓷器

隋唐大运河的遗址大体是分两种：一种是在地面上，如沿岸的古城、古佛；另一种是在地下，是考古挖掘出来的古桥、古码头、古仓窖和古瓷器。前者中的古城，如河南鹤壁市的黎阳镇，古佛如鹤壁市大伾山的北魏大佛，这

些凤毛麟角的地面运河遗迹之所以能保存至今，是因为所在地势较高，或者根本就在小山上。其余遗迹则全在地下，所有的重大发现都是考古的成果。其中最令人惊奇的首推古粮仓的发现。

古粮仓在洛阳、西安、商丘一带已经发现了七八处。

20世纪70年代在洛阳市东北市区里一个铁路单位的院子里挖出了一口古窖，非常大，口径十二米，深十米，是在黄土地下挖凿而成的深坑，里面可以储存粮食。出土时，这口古仓中真发现了大量粮食，已经半炭化，一层一层的。这口古仓的位置经考古证实是挨着一个漕运码头的，在一条宽逾百米、深十二米的河渠旁，可见古粮仓是因运河而建的。现已探明，这样的粮仓一发现就是一群。在地图上看，排列有序，呈极规矩的围棋棋盘状，明显是人工设计好的。此处仓址整整齐齐排列着四百多坑！一口仓坑可储粮二百五十吨，总储存量可达十万吨以上。更可喜的是，仓中还发现了石碑，相当于当时的文书档案，记载详细之至，如粮食来自何方，上面说此仓粮食来自河北、山东、河南、江苏。准备干什么用也有记载，除了供民、官、军用之外，还是赈灾的储备粮。石碑上对粮仓的管理人员的分工有记载，谁过秤，谁记录，谁封仓，谁监管，谁值日，谁是总管，等等，全都有名有姓，多达十余项，上了石头！实在惊人。

可见这是一座正规的官仓。这个仓叫含嘉仓。和它相当的，已发现的还有洛口仓、河阳仓、回洛仓、太仓、黎阳仓、山阳仓，等等。

大运河的功效，首先在漕运上，不言自明。多么重要啊，大运河是地地道道的国家生命线。

历史文献上记载的赫赫有名的洛阳天津桥、开封州桥近年来都被发现了，它们都是运河上的大桥，都在市中心，工程宏伟，设计精美，为运河当年船来人往的繁华景象提供了铁证。专家对开封的州桥就其一孔桥洞做了实测之后，又埋回土中，显然，这是一个地下大遗址博物馆的好坯子，在市中心。

还有码头遗址的重大发现，1999年在安徽淮北市濉溪县百善镇柳孜村做过一次隋唐大运河遗址考古挖掘，挖出了一处石质的码头遗址，挖出了一段运河部分河床，下面有八艘唐代沉船，还有几十吨瓷器的残件，其中罕见的瓷器珍品有一千二百件，被确定为唐宋全国各大瓷器窑口的遗物。大运河经过这次考古挖掘又获得了一个新的称谓：瓷器之路。此次考古挖掘被确定为1999年十大考古发现之一，柳孜码头也被确定为全国重点文物保护单位，文物精品进入了淮北市博物馆，陈列在一个专门的分馆里。类似的考古挖凿2007年在安徽省宿州市也有过两次，看样子，运河遗址的考古已经渐渐进入了沿河城市的文物部门的视野，开场锣鼓已经敲响，好戏还在后头。

还有更古老的

隋炀帝的大运河并不是最古老的，在此之前，在同一地点，局部的运河已经存在了，它们是隋唐大运河的前身。

实际上，隋炀帝的大运河是在前人局部运河的基础上，又利用了黄河、淮河的某些自然河道，开凿串连而成，既是继承，又是发展，当然，是有重大突破和质的变化的。这也说明，隋炀帝的大运河能在六年内以极快的速度修通是有物质基础的。

前人修的运河以鸿沟、白沟最为有名。

鸿沟是古代沟通黄河和淮河的运河，是中国中原运河的鼻祖，大概始自东周战国时期，据今已有两千三百年，仅比南方的古邗沟晚一百二十年。鸿沟起点位置在今日洛阳和郑州之间，在巩义市和荥阳市北部，引黄河水南下，经尉氏、太康、淮阳汇入淮河，其下游东出的一支，即是后代著名的汴河。鸿沟之有名是因为楚汉相争就发生在这里，并以此为界划分楚、汉。当时汉霸二王城就在今日荥阳东北广武山上，今有遗址。

白沟是三国时期曹操为了军事目的开挖的古运河，始于204年，据今一千八百多年。其前身是战国时黄河北岸的运河，先筑古阳堤，将各路太行山的水截住，不入黄河，汇于嘉义境内，沿堤东流，经卫辉市流至浚县的新镇，和山西来的淇水汇合，流入黄河。淇水是山水，很清，又称清水。曹操向北征伐驻今河北临漳一带的袁尚，截水量充足的淇水，不入黄河，兴建白沟水渠，流向东北，以通粮道。后来白沟构成隋炀帝北征高丽修凿的永济渠的前身，永济渠宋时称御河，明以后至今称卫河。

由于鸿沟、白沟这样的古代早期人工渠道的存在，在挖凿技术上和运河管理上都积累了相当丰富的经验，同时又为隋炀帝挖凿大运河提供了部分现成的河道，加上天然自流河道的借用，大有集大成和水到渠成之势，一个世界级的空前绝后的伟大工程遂告诞生。

不过，鸿沟也好，白沟也好，踪迹难觅，遗址的实地考证成了焦点问题，因为光有历史文献是不够的，一定要有实体的论证，要有实体演变轨迹的挖掘。

隋唐大运河"申遗"任重道远

由于隋唐大运河的两大特点，一是历史更加悠久，二是多年废弃不用，一半埋入地下，使得它的"申遗"难度比京杭大运河更为艰难。

隋唐大运河的"申遗"任务应分解为以下三大目标：

第一，在运河经过的省市里需分段绘出大运河的准确平面走向图和立体落差图。这个任务要落实到地级市身上，对上半段来说，河南的永济渠涉及洛阳市、郑州市、新乡市、鹤壁市、安阳市，河北的永济渠涉及邯郸市；对下半段来说，河南的通济渠涉及洛阳市、郑州市、开封市、商丘市，安徽的通济渠涉及淮北市、宿州市，江苏的通济渠涉及淮安市。每个市再往下面的县分解。譬如，河南的商丘市要由西往东分解给睢县、宁陵、商丘市区、虞城、夏邑、永城六个区县；安徽的宿州市要由西往东分解给埇桥区、宿州市区、灵璧县、泗县四个区县。这样，一市接一市，一县接一县，就有了隋唐大运河的精确的平面走向图和立面落差图。绘出立面落差图很有必要，它能帮助理清逆水走时，船究竟是靠划桨，还是靠拉纤，或是扬帆，或是用水闸来提升，两岸相应的设施也大致可以摸清。

第二，为了实现第一条，每个县要选至少两个点来实挖考古，两点间可以大致划出一条有根据的直线来。实挖的目的，在于找到大运河的河床遗迹，绘出剖面图，知道河宽、河深、河床槽面形状及标高。

第三，通过第二条的实施，可以找到相应的考古实物，包括码头、堤岸、沉船、瓷器、碑刻、仓窖遗址，等等，从而断定年代及繁荣程度。

为了这三条目标的实现，有必要提请各省市县的领导人和专业人员注意以下十三个工作要点：

第一点：要把大运河"申遗"的任务切实纳入各级领导班子的议事日程。大运河是一个线性工程，丢不得任何一环，丢了其中任何一环都会给全局带来失败，而且还不能拖延，要齐步走。大运河"申遗"实际是有时间要求的，基层组织要在五年之内拿出满意的答案来备论。目前，根据实际了解，有不少沿岸市、县基本上还没有动起来，他们所辖的博物馆里根本没有一点儿大运河的事情，仿佛他们那里历史上完全没有这回事似的。所谓列入议事日程包括订计划、订步骤、订投入、订组织、订人员、订措施，然后加以实施、检察、督办。这件事情会给所在市、县带来极大荣誉、声望、文化历史资源及旅游潜力，宛如手里有一个待开发的富矿。而不可以抱事不关己漠不关心的态度。

第二点：隋唐大运河是要分历史阶段来考证的，起码要分成早期、中期、晚期这样三个时期。每个时期的内容和走向都不一样，不能简单划一。早期的鸿沟、白沟等和隋唐时期的永济渠是不相同的，要画出不同的走向图和立面图来。越早期的越有价值，任何一点遗址的发现都是重大事件。

第三点：上半段永济渠的首要任务是清污，对上游的污水源要严查、严禁，绝不能再往大运河的故道里排污水和脏水，这不光是"申遗"和文保的要求，也是贯彻可持续发展观的要求，是对广大人民群众和子孙后代的健康负责的长远大计。

第四点：要走群众路线，发动群众，走访百姓，永济渠以走访老船工、老渔民为主，通济渠以调查出土瓷片和地面隋堤为线索，趁着老人们还在，回忆三十年前和五十年前的事情并不为迟。那时永济渠还通航，隋堤也还看得见，瓷片也随时不断涌现，从而形成口述长廊，可以为确定河道走向和挖掘点提供重要的活依据。

第五点：要强调原真性，不能靠想象和推测，要有实物为证，柳孜只挖了河道的一侧，这不够，要完整地挖出两岸来，从而知道河宽、河深和结构、材料、工艺、构成，等等。

第六点：资金的使用上应以保护古运河为主，而不放在打造假古董、新广场和以商业为目的的大型新设施建设上。立足于古运河，这才是金饭碗，会带来巨大的经济效益和知名度。因为任何东西也比不上这个世界上最长、最大、最悠久、功能最显赫的人类文明成果。主次本末要分清。这一点在目前的某些沿岸城市中并没有完全正确地处理好。

第七点：以柳孜码头遗址为基准点和标本，很容易在航测和遥感等高科技图像中找到它的同类，从而在边缘科学中帮助解开隋唐大运河走向之谜。建议立即组织攻关，请国家文物局联合有关科技研究部门包括国防学科在内，以柳孜码头遗址为突破口进行综合研究，别开生面，又好又快地解决问题。

第八点：要加强遗址博物馆的建设，效仿金沙遗址博物馆、天子六驾遗址博物馆、大葆台汉墓遗址博物馆的办法，就地保护遗址，比淮北博物馆中古运河分馆陈列的办法更好一些，没有复制做假之嫌。

第九点：今后河南、安徽古运河一线的公路建设应避开古运河的堤（如隋堤），避免建设性破坏，即要改变此地公路建设惯用的选线原则。

第十点：在实测基础上确定隋唐大运河的河廊控制带，立界桩，定保护带和缓冲带，在其中不搞建设，以利确保执行"申遗"的"完整性"原则。

第十一点：加大资金投入，纳入各级政府的预算中，将打造假古董的投资的一部分转到大运河的保护和实测上来，移过来就大有富裕，不要坐等其他来源。

第十二点：沿隋唐大运河一带要逐步树立醒目的文物重点保护标志，让它们成线、成行、成气候，有气魄，成为民族的骄傲。

第十三点：加大古运河沿岸非物质文化遗产的挖掘、保护、利用。这样做起码有两点好处：一是对古运河的勘测和保护大有参考价值，提供有力线索；二是对当地的文化建设大有益处。这些非物质文化遗产是最有生命力、最有地方特色的文化元素。考察中发现这方面的展示最为贫乏，说明对此问题普遍重视不够，这是不大应该的。类似亳州市华祖庵中表演的"五禽戏"那样的好宝贝实在是应该登上大雅之堂的。

总之，隋唐大运河"申遗"工作刚刚拉开序幕，目前的工作仅仅是开端，一切结论都应该在扎实工作的后面。走在前面的要继续带头，走在后面的要迎头赶上。

隋唐大运河，地下的辉煌，你的面纱是黄土，终有一天，一梦醒来，世上已过两千四百年，你醒了，带着伴你沉睡了二十四个世纪的数不尽的行头、家当和珍宝，宛如一座空前宏伟的历史、自然和人类文明的大博物馆，迎着21世纪的曙光走来，消息传开，你的辉煌，已经变成可观可近的了，会让全世界的人惊讶得合不上嘴，继而一齐欢呼跳跃，并为之倾倒！

中国有两条巨龙，一条是盘踞在高山峻岭上的长城，一条是横跨五大水系的大运河，其中隋唐大运河有一半还埋在黄土中，这两条巨龙是世界级的人类伟大工程，是中华文明的伟大象征，是中华精神的代表，而且大运河比长城更为积极。我们今日歌颂你们，宣传你们，只是想善待你们，保护你们，而断断不想打扰你们，装扮你们，让你们不得安宁。不，不是这样。对隋唐大运河，也绝不会再整体挖掘出来，或者，再企图通水通航，我们只是想知道你究竟躲在哪里。

请告诉我们你的住址吧，我们会向你鞠躬，向你顶拜，向你诉说我们的爱。

（2008年1月21日于北京）

江南运河，水乡的辉煌
——三访大运河

过去两年，已经随全国政协考察团沿大运河视察了两次。头一次是去京杭大运河，由北京走到杭州，回来写了《京杭大运河，残缺的辉煌》；第二次是去隋唐大运河的河南、安徽段，由洛阳走到灵璧，回来写了《隋唐大运河，地下的辉煌》。此次是第三次，仍是跟随全国政协的同人们，去的是浙江的北部和东部，考察大运河的末端，姑且称为长江之南的运河段，打算写《江南运河，水乡的辉煌》，恰似完成一个三部曲——运河三部曲。

就近观察，发现江南运河有四大特点。

活

江南运河不像山东济宁以北的京杭大运河，更不像隋唐大运河，这两段运河都已死了，凝固了，没落了，破坏了，有一些甚至消失了；它，江南运河，却真正是活的。

所谓活，主要是指它还在用，而且壮观。

这种"活"，是随处可见的，似乎不用特别费力去寻找，遍地都是，四通八达，发达得很。

这种"活"，是以船运为标志性的特征的，船很多，绝不萧条，运的多半是建筑材料和煤炭，全部散装，没有集装箱，船帮压得低低的，几乎和河面一边平，"满载"二字最能概括其运载状态。有的还组成船队，宛如水上火车，浩浩荡荡，神气十足，而且呈穿梭状，你来我往，煞是好看，充分显示出一派繁忙的景象。

所谓"活"，是指它在经济生活中仍占很大的分量，别看有铁路、公路、高速公路、飞机，江南运河不仅没有退位，反而在运输量中高居首位，这令人十分吃惊，绝对要刮目相看。有的地方运河承担着百分之六十，甚至百分之七十的运输总量，真不得了。这是因为运河中的船舶的运输空间大，运输成本低廉，在这方面谁也赛不过它。运河船的运输成本只相当于陆路的六分之一!

从某种意义上说,有江南运河,才有新上海,新浦东,才有新常州,才有新宁波,总之,才有新长江三角,这是一点都不夸张的,那里的高楼大厦,高耸入天,而且林立,通通源自运河船上的石材、沙料。天天运,时时运,一刻不停,运了三十年!还要运下去。

一个地,一个天,居然是靠运河把它俩连接起来的。

运河活着,活得精彩,活得伟大。

网

江南自古多水,长江三角,原来就是沼泽地,是水的天下,那里有众多的江河、湖泊、溪流、沼泽、湿地。

走在江南,发现地名非常奇特,两类居多,或是三点水旁,或是土字旁。这在北方是遇不到的。

以三点水旁的字为地名的,有以下这么多:渚、港、溪、浦、浒、湾、浔、浜、滨、湖、泽、河、渡、潭、洋、濮;另一类是有土字旁的,如:坪、埠、塘、堤、圻、坝、墩、埭、堰。像良渚、沙家浜、南浔、青浦、河姆渡、西塘、荻港,这些地名都是如雷贯耳的响当当的名字。

这能说明太多的问题。

说明这里古代一定是一大片水。

绍兴有大禹陵。这位以治水闻名天下的古代英雄就埋葬于此。证明这里的水很厉害，泛滥成灾，不断闹事，需要不停地防水，和水做斗争，而且终于理出了一整套治水良策，变害为利，将江南打造成了能和水和平共处的鱼米之乡。

在治水过程中，人们不断用土垒坝筑堤，用土在水中间填出呈点、线、面的陆地来，在这些土和水中间建出富饶的水乡，筑出港口和城镇，并在这里繁衍生息，诞生了良渚文明、吴越文明、南宋文明、江浙近代文明和长三角当代文明。

长期垒坝、筑堤、围田的结果，形成高地种桑、中地种稻、低地养鱼的局面，其间有四通八达的水道网络。

这些水道有自然的，也有人工的，原始的肯定是以自然的为主，辅以人工的，后来，形成自然和人工并重，相辅相成，而且是网状的，成为体系。打个比方：如果江北运河，隋唐也罢，京杭也罢，是贯通中国南北的大动脉，那么，江南运河，则除了大动脉，还有支脉，还有许多毛细血管，是个水系，是个网络，宛如繁茂的树系。

这种结构是典型的人工和自然的结合，是人类的文化积累和传承，利用自然水系为主，必要时在一些节点上，在拐点上，在关键部位上，挖凿一些贯通一气的运河，形成一张水道大网。这恰是江南运河独一无二之处，和北方的运河一点都不一样，是一种独特的文化景观。

由此可以推断，这里，可能有中国最早最老的运河和运河体系。这是这里的自然环境，即多水，决定了的。文献上有记载，江北扬州有春秋吴王夫差修的一段古邗沟，那是中国最老的运河。完全可以推断，或许在相距不远的江南水泽里，早在越王勾践时期或更早，早于二千四百年前，就有挖凿运河的实践了。因为这是顺理成章的事，到处都是水嘛。当然，这个观点要到地方志或考古中去科学地求证。

路

在江南水乡中，以河代路是它的另一特点。这里古代几乎无路，只是一片水泽。船是主要交通工具。陆地和陆地之间有两种连接工具：移动的是船，固定的是桥。近则走桥；远，或者运货，就靠船。所以江南是船和桥的天下。

一个绍兴过去曾有五千多座桥，一个小小的新市镇有桥七十二座，远胜过水都威尼斯！

桥多意味着水道发达。

在不太远的过去，这里家家有船。城市中如此，乡村更是如此。那时船的普及度，宛如后来家家有自行车，和现在许多家有汽车一样。出得门来，不论是前门，是后门,就是水道,都是河,就得上船,否则寸步难行。起码,到鲁迅和茅盾时期,还都是如此。

河就是路,路就是河,运河就是江南的路。

变

江南运河是活的,其另一个活的标志就是变,它不断地变化,甚至变得面目全非,似乎不曾有过片刻的安静和固定,这非常不像一件文物,后者必须有固定的形制、年代,绝对一成不变。

江南运河的变又有自己的特点:明显向着两个互相背离的方向在变化着。一个是向大里变,变得能走大船,这是时代的需要,特别是经济发展的需要,能走三百吨级的船,四百吨、五百吨甚至一千吨级的,河床不断地加大、加宽、加深,不断地疏浚和改道,以便适应建材和煤炭的大宗运输。所谓改道,就是远离闹市,想法绕到城外去,终点也不再是北方,而是上海、苏州、杭州、宁波;另一个是向小里变,由于公路,特别是高速公路兴起,导致一般的水道衰退,或被填死,或废弃不用,除大动脉有用之外,许多支脉,特别是毛细血管都被废除,水网不复存在,桥大多被拆除,永远别想再和威尼斯一比高低,新市镇的桥由七十二座缩减到仅仅十二座，那些穿城而过或环城的运河也不再有运输功能，经过美化之后，成了旅游的对象或休闲的公园。总之，这两种互相背离的变化，让江南运河面貌在短短二三十年之内有了翻天覆地的变脸。

变化的结果，就是只留下了大动脉，或另筑了新动脉，而分支脉和微血管水网则绝大部分消失了。

变化何其大哉！何其快哉！

综合上述，可以看出江南运河完全是另一种类型的运河，也就是说，京杭大运河到了杭州，并未终止，而是漫散开来，接上一张大网，四下辐射，四通八达，向东通向大海，把蚕丝、把瓷器由上海，由宁波运到海外；当下则是把建材、把煤炭运给长三角的江南诸市。

所以，合理的结论是：江南的运河也是大运河有机的一部分，千万别把它落下，一定要把它涵盖进去，共同保护，共同规划，共同"申遗"，而且当作大运河的特别出彩的一部分。

一个大亮点

独特的江南运河生态模式非常值得珍惜。

何谓江南运河生态模式？

栽种桑树，用桑叶喂蚕，蚕屎用来养鱼，鱼的排泄物变成池泥，池泥挖出来当有机肥料，用来种稻种桑，桑叶再养蚕，如此循环下去，形成一个完美的可持续发展的生物链，一个圆圈，无污染无公害。

这种生态模式已经存在了几千年，今天还存在着，而且用运河微血管网络连成一片，构成一种特殊的生活模式，在整个江南水乡里占具着非常重要的地位。

这种生态模式在过去是不足为奇的，大家都如此，习以为常，可是，放在今天，就不简单了。在全球化、现代化的大背景下，还能如此纯真天然地活着实属罕见。

难就难在它远离化肥、远离农药、远离各式各样的速生剂，一句话，远离现代化的一切优点和缺点。

难就难在它遵守几千年的养蚕操作规程，不做更新，将先人创作的优秀办法死死守护住，一代传一代，显示了自己强大的生命力。

难就难在它是超前的，科学的，返璞归真的，有大量天然合理的因素，是一种天人合一的最佳选择，左看右看，比什么都好，符合一切与时俱进的哲学和理念，怎么也打不倒，而且处处显示着优秀和有远见，永远立于不衰之地。

我有幸走进蚕农家中去探望，看见那些可敬的蚕农们，老太太们，小姑娘们仍然按照老年间的严格规矩在养蚕，包括蚕房和所有的用具，都是古老的，可是她们的生活已经现代化了，新婚夫妇的新房已和城市的新房布置没有任何区别,原因是经济上收入可观,过上了小康日子。

于是在江南运河区域成功地突显了一种与世不同的生活模式,它是个孤例,是个另类,在别的地方找不到,它是仅有的,仅存的,令人叫绝,令人特别珍惜。或许它的价值可以和贵州的梯田相媲美。一是珍稀,独门,二是保存着,活得好好的。

这太好了,价值无穷。我们应该懂得珍爱它。

需要好好总结一下,拿出来,让世人大吃一惊,关键是要好好地保护下去。

两种图

对江南运河的保护和"申遗",如前所说,要把江南段包纳进大运河概念中来,不能忽略不计。首先是要把复查和测绘运河现状分布图当作一项基础工作来做。这要联合水利、运输、城建、文物、环保等各部门,一起齐心协力地干。图上既要有大动脉,也要有分支和所剩的毛细微血管。既要有承担运输的,也要有只供旅游的和当公园的。把运河现状在图上凝固下来,然后再对其历史进行分析和考证,参照地方志、史书和文物,区分哪些是改造的自然河,哪些是运河。这是个科学的家底,要先交卷。把各个县、市的图接起来，就是一张"申遗"的总图，而且一定要把运输繁忙的活着的大动脉包容进来。

其次，要着手收集历史上的不同时期的本地的运河图，每个地区针对历史上不同时期的特点可以划分出属于自己的时段，如春秋时期、隋唐时期、元朝时期、明清时期、清末民初时期、民国时期、"文革"前时期、"文革"后时期，等等，将各个时期本地区的运河图摞起来对比，就是一幅本地区运河演变的动态图，从中可以找出重点段和典型点，以利制定保护规划和确定"申遗"重点。

制订这两种图有利于避免空谈，可以脚踏实地地步入实际运作中来，这对于保护和"申遗"的起步是非常切实可行的。一旦如此深入，必有所获。

保护，保护，再保护

江南运河保护有个特殊的任务，那就是要把仍然存在的网状结构的有毛细微血管特征的运河区当作最珍贵的宝贝加以细心保护。要知道，这样的地方已经很少了，可以说是所剩无几。特别是对那些极少数仍有原生态特征的，像荻港村，像新市镇，像南浔古镇，更要保而又保，当成重中之重，当成活标本，当成最后的绝笔，严加看护，特殊对待，不能再任意改造，不能拆除，不能随意伤筋动骨地实施"现代化"，因为它们都有了不起的文化遗产价值，要真正认识到它们的非凡的意义。

绝无仅有，物以稀为贵，这便是对它们要做原状保护的出发点。

对"原真性原则"要全面地、科学地、深入地理解。不要搞成"原件不原地""原物不原样""公园化""积木化""嫁接化"，要坚持原物原地原样，也不要一味美化而脱离人气，远离老百姓。

当前另一个比较重要的问题是古运河段的环境保护问题，有的把公路修得离古运河过近，有的把现代建筑修得离古运河过近，没有设缓冲带、保护带、隔离带，搞得过于现代化，过于不协调，以致"完整性原则"没有得到很好的遵守。总之，应该把环境梳理工作纳入规划，慢慢改正过来。

实际上，已经出现了保护的好的典型，那就是杭州市的运河保护，那里的"小河直街"，那里的"小河路改造区"，都取得了非常成功的经验，可以当作保护老城区的典型和榜样加以普遍推广。

我很高兴，终于等来了保护的曙光，大运河的保护和"申遗"大有希望。

由北京到杭州，由洛阳到亳州和灵璧，此次又走到浙北和浙东，深深感触到中国大运河的博大，长度最长，历史最久，用途最大，文物最多，一句话，可以拿世界绝对冠军。但同样，问题也最多，又很复杂，保护和"申遗"虽呼声很高，难度却很大，有组织问题、协调问题、规划问题、实施问题，还有认识问题，好在，已经顺利走上征途。总之，路漫漫兮，当努力求索，曙光在前兮，当指日可待。有这么伟大的世界级遗产瑰宝，一定会赢得光明一片，我坚信！

（2008年7月12日于北京）

重新理解大运河是保护和"申遗"的关键

中国南北大运河是人类智慧的顶尖杰作，是世界级的人类文明遗产，南北大运河"申遗"是最有资格的，一定会成功，一定能实现。

整体考察下来，我对大运河的保护现状有较大的忧虑，原因是大运河"申遗"正式提出得较晚，而社会发展又很快，在各地决策者的脑子里缺少"申遗"的三大原则——"完整性、真实性、协调性"，因此各行其是，使大运河已经远离其本来面目。

目前，沿运河古城、古镇的面目大致可以分为五种模式：

一、无锡模式，原有面貌基本保持完好，古河、古桥、古窑、古街、古码头基本没动，老百姓的生活条件现代化程度不高。

二、南浔模式，这是一种基本保持原貌而稍加整修的模式。

三、嘉兴模式，拆古建再修建仿古建的模式，外表看起来有点像古镇，但都是新的，仿古而已。

四、扬州模式，大拆大改的模式，对主要河段沿岸原有建筑一律推平头，搬迁居民，打造新的景观，按现代化大城市的理念，搞绿化、搞亮化、搞公园化，属于这种模式的还有苏州、杭州、聊城等城市，而且还有大量的城市准备按此模式"改造"，如台儿庄市等。

五、杨柳青模式，这是在城市中打造一段带石头栏杆的水道，由别的地方借用一些水，来回循环，属于造景式。

由这五种模式分类里可以看出，对大运河的理解确实需要重新界定，要把"申遗"的几个基本原则加到对大运河的理解中去，否则，花了钱，下了功夫，却可能和"申遗"的原则南辕北辙，完全搞错方向，造成千古遗憾，有损大运河。

现在纠正还为时不晚，赶快把可持续发展的理念纳入到大运河的发展中，把"申遗"的原则树立起来，不要丧失信心，要调转方向，为此，我提出三个"五原则"。

第一个"五原则"叫作"大运河保护原则"。

一、大运河是个古物，虽然是活的，还在使用，还在发展，特别是涉及水利、航运、南水北调还会有改动，但千万别忘了它是个了不起的古物，是顶尖级人类文明遗产，第一位的任务是好好保护它。大运河自2006年起已被国家确定为国家文物重点保护单位，要全程挂牌保护。挂牌保护的第一个特质就是高悬禁令,不能乱动、乱改、乱拆,就是捂住不动,可以用,但不可以拆,不可以破坏。

二、全线划定保护区和缓冲区,有明确的界线和法规细节。

三、全线实施文物普查。

四、公布大运河名录,包括古运河河体、运河设施、古城、古镇、古树、文物名录,有分段编号和总名录。

五、保护原物,利用原物,尤其要保护古代的运河水利设施,特别是古闸、石坝、古分水拨、古桥、古岸、含蝴蝶铁锭的古条石、古结构件等。

有了这五个保护原则,我想大运河基本上可以原样保护下来。

第二个"五原则"叫作"大运河保护的指导思想"。这方面的第一个原则就是"不遵循不破不立"原则。"不破不立"和保护文物是对立的。如果习惯性地沿用"不破不立",当作一个惯性定式,就不可能有古运河的保护,就没有"申遗"的可能。

第二个指导思想就是要明确大运河里有许多符合科学规律的人类智慧成果,科技含量很高,不可以视为"落后"和"破旧",要当作宝贝,公示天下,显摆出来,并继承发扬。

第三个指导思想就是要明确保护能产生巨大的经济效益,千万别把保护当成包袱,当成绊脚石,当成"破财的",应当知道保护能发财,能带来巨大的经济效益。道理很简单:你是独一份,全世界都会来到你的跟前,对你"顶礼膜拜",这已经被世界上保护得当的无数古迹所证明。

第四个指导思想是不可以对大运河随意提"改造"、随意提"打造"、随意提"造景",不可以对古城、古镇随意提"景观化"、"绿化"、"公园化"和"广场化",要在运河保护区和缓冲区内驱除这些新名词,不当作发展的指导思想,让历史局部停下来,凝固下来,因为你是历史名城名镇,不是在空地上建设现代化城市,也不是建一个现代化的城市偶尔用个别的古建筑来装点一下保护之名。不可以在明代大古桥的旁边建一个特大型的现代大广场,或者在古运河岸边十米之内建许多座高耸入云的现代公寓。要建,请到保护区和缓冲区之外去。

第五个指导思想是提倡保持民族特色、地域特色和个性,不要打造什么古运河上的"塞纳河",不要到处翻版上海"新天地",不要千篇一律,不要两个点乃至十个点全一模一样,不要一窝蜂,要明确只有保护了自己的古迹才能傲视天下,独树一帜,才能一片光明。

那么,对改善民生怎么办,特此提出第三个"五原则",叫作"改善民生五原则"。

一、适当减少密集人口区的古城古镇沿河人口密度。

二、进行微循环整修,不准推平,国家、地方、个人都出一点资金,逐一区分对待,或不动,或局部修整,或拆除。

三、由政府在古城古镇沿河居民区里先做基础设施工程,尤其是清污、截污、铺设上下水道、电线、电话线、电视天线、宽带,等等,再由各家接入院内、房内,逐步实现生活条件的现代化。

四、基本不动外观,内部实现居住环境的现代化。

五、不破门脸,不拓宽道路,保留最有代表性的建筑造型载体。将来运河边上的老百姓可以对外来参观者说:请看,我这是唐朝的石板、宋朝的瓦、明朝的门槛、清朝的窗户,内部还有现代化的生活设施。到那时,闻者无不大为惊讶,会佩服得五体投地。

如果能执行以上这三个"五原则",我想,"申遗"成功一定可以实现,而且能做到五满意:祖先满意、老百姓满意、政府满意、子孙满意、世界满意。

到了重新理解大运河的时候,好好地想一想吧!

(2006年5月22日于杭州)